Karl Bäumchen

HEINERLE

Heiner Emil Radberger (Name geändert) erzählt aus seinem Leben.

Wie aus dem Ostpreußen der Westpfälzer wurde, der im Herzen aber immer der

„Mann vom Haff"

geblieben ist.

VERRAI-VERLAG
Stuttgart

Das Werk, einschließlich seiner Teile, ist urheberrechtlich geschützt. Jede Verwertung ist ohne Zustimmung des Verlages und des Autors unzulässig. Dies gilt für die elektronische oder sonstige Vervielfältigung, Übersetzung, Verbreitung und öffentliche Zugänglichmachung.

Bibliografische Information der Deutschen Nationalbibliothek: Die Deutsche Nationalbibliothek verzeichnet diese Publikation in der Deutschen Nationalbibliografie; detaillierte bibliografische Daten sind im Internet über http://dnb.d-nb.de abrufbar.

© VERRAI-VERLAG · 70469 Stuttgart

1. Auflage März 2019
Alle Rechte vorbehalten.
https://verrai-verlag.de

Umschlaggestaltung:
ehrle studios Werbeagentur GmbH

Lektorat: Tobias Keil

Printed in Germany
ISBN 978-3-946834-78-6

Das Ostpreußenlied

*Land der dunklen Wälder
und kristall'nen Seen,
über weite Felder
lichte Wunder gehen.*

*Starke Bauern schreiten
hinter Pferd und Pflug
über Ackerbreiten
streift der Vogelzug.*

*Und die Meere rauschen
den Choral der Zeit,
Elche steh'n und lauschen
in die Ewigkeit.*

*Tag ist aufgegangen
über Haff und Moor,
Licht hat angefangen,
steigt im Ost empor.*[1]

---

[1] Text – Erich Hannighofer (1908–1945, verschollen in Russland)
Melodie – Herbert Brust (1900–1968), Königsberg
„Oratorium der Heimat, Schlusschoral"

Heinz Emil Radberger

„Diese Erzählung ist allen Opfern von Krieg und Gewalt auf unserer Erde gewidmet.
Ganz besonders nahe fühle ich mich verständlicherweise meinen ostpreußischen Landsleuten und den Flüchtlingen und Vertriebenen aus den anderen ehemals deutschen Ostgebieten – denen, die die Strapazen von Flucht und Vertreibung überlebt haben, und noch mehr jenen, die unterwegs zu Tode gekommen sind und oft unwürdig verscharrt werden mussten.
Sie alle hätten so gerne ihr Leben in der angestammten Heimat gelebt.
Wir sind und bleiben aufgerufen, aus der Geschichte zu lernen.
Vergessen wir die Flüchtlinge nicht – vergessen wir Ostpreußen nicht!"

*„Erst wenn die Heimat weg ist, wissen wir, was wir verloren haben!
Das eigentliche Heimatgefühl ist das Heimweh."*

(Bernhard Schlink, Schriftsteller)

Inhalt

1. „Warum gerade jetzt?" 11
2. Heinerle 13
3. Postnicken 21
4. Dörflicher Alltag 26
5. Die Russen kommen 34
6. Die Flucht 40
7. Das Massaker von Palmnicken 71
8. Überlebt … und nun? 77
9. Hunger in Ostpreußen 83
10. Neues Leben – Neue Familie – Neue Heimat? 88
11. Postnicken 2018 – Immer wieder Ostpreußen! 94

1. „Warum gerade jetzt?"

Seit es Menschen gibt, gibt es auch Krieg, Gewalt, Flucht und Vertreibung.

Im Zeitalter der Globalisierung erreichen uns derlei schlimme Nachrichten beinahe stündlich – doch erst wenn die anonymen Opfer Gesicht und Stimme bekommen, rühren sie uns an und ziehen uns in ihren Bann.

Im September 2018 reise ich mit einem solchen „Opfer von Krieg, Gewalt, Flucht und Vertreibung" in dessen ehemalige ostpreußische Heimat an das Kurische Haff im heutigen Russland.

Heinz Emil Radberger (Name geändert) ist ein sympathischer, rüstiger Zeitgenosse von 84 Jahren und Mitbewohner meines Heimatdorfes Schönenberg-Kübelberg. Er entstammt dem kleinen Dörfchen Postnicken am Südufer des Kurischen Haffs im ehemals ostpreußischen Samland.

Heute heißt sein Geburtsort Saliwnoje, liegt in Nordwestrussland und wird der Oblast Kaliningrad (dem früheren Königsberg) zugeordnet.

Seine Geschichte soll hier stellvertretend für das unmenschliche Leid so vieler Flüchtlinge erzählt werden. Wer weiß heutzutage spontan noch etwas mit dem Begriff „Ostpreußen" anzufangen, wenn er nicht gerade selbst Bezug zu diesem Thema hat. Wer weiß aus dem Stegreif zu beschreiben, wo diese alte deutsche Provinz belegen war, weshalb sie untergegangen und was mit ihren Bewohnern geschehen ist?

Die Erzählung des wackeren Ostpreußen Heinz Emil Radberger, der längst zum Pfälzer geworden, aber irgendwo doch auch noch Ostpreuße geblieben ist, soll uns helfen, Geschichte zu begreifen. Auf dass wir aus ihr lernen mögen ...

„Heinerle", so nennen ihn Freunde, träumt nicht davon, die ehemalige Heimat zurückzuerobern oder irgendwie Rache zu nehmen. „Die, die jetzt dort leben, sind doch auch nur Vertriebene, wie könnte ich denen böse sein?", tröstet er sich selber in traurigen Minuten.

„Indem ich MEINE Geschichte erzähle, will ich all den sinnlosen Opfern von Krieg, Gewalt, Flucht und Vertreibung ein Gesicht geben und meine Stimme leihen, denn sie können ihre Geschichten nicht mehr selbst erzählen. Wenn unsere Kinder und Enkelkinder aber unsere Erlebnisse irgendwann nicht mehr erfahren, dann sind wir endgültig gestorben und vergessen.
Vergesst uns nicht, vergesst unser Ostpreußen nicht!"

2. HEINERLE

Der erste Tag ...

Am Südufer des Kurischen Haffs ziehen die ersten Nebelfahnen vom Wasser übers Land und kühlen die vom Sommer noch warme Luft angenehm ab.

Das Haff liegt glatt wie ein Spiegel da. Weit draußen wirft ein Fischer sein Netz aus – kein Vogelgezwitscher unterbricht die Stille, kein Windhauch wirft Wellen auf.

Die Sonne über Postnicken scheint schwach und lässt den Herbst erahnen, der die dunklen Wälder für kurze Zeit in bunte Farbenpracht kleidet, bis der Winter irgendwann sein weißes Tuch über die herabgefallenen Blätter breiten wird.

Wer jetzt sein Heim noch nicht winterfest gemacht und die Felder noch nicht abgeerntet hat, wer das Brennholz noch nicht aufgestapelt und das Futter für die Tiere in der Scheune immer noch nicht eingelagert hat, dem wird eine schwere Zeit, ein harter und langer Winter bevorstehen.

Zufriedenheit und Erleichterung sind dem dienstältesten Gespannführer beim Großbauern Paul „Juckel" Echternach, Johann Radberger, ins Gesicht geschrieben, als er in Gedanken vertieft und nach innen lächelnd über die Dorfstraße zum Gutshof hin stapft. Mit geballter Faust klopft er an die Haustür des wuchtigen Bauernhauses und wartet ungeduldig, bis ihm aufgetan wird.

Eine Magd führt ihn zum Herrn des Hofes, der sich noch kauend und recht schwerfällig hinter dem schweren, hölzernen Esstisch erhebt. Schließlich eilt er mit ausgestreckter Hand seinem langjährigen und vertrauten Arbeiter entgegen, wischt dabei die klebrigen Hände ungestüm an den Hosenbeinen ab.

„Ist's geschafft, Johann? Ist das Kindchen da?", will der Bauer wissen.

„Diesmal war's ein hartes Stück Arbeit, Bauer. Aber wir haben's geschafft. Gott sei Dank traf die Hebamme noch rechtzeitig ein. Ein prächtiger Bub ist's und Heiner soll er heißen!", platzt es aus dem stolzen Vater raus.

„Gut gemacht, Johann. Sehr gut. Dann bekommen wir ja bald Verstärkung bei der Arbeit? Einen weiteren guten Arbeiter aus der Familie Radberger. Sehr gut gemacht!" Der Bauer sagt's, schickt die Magd nach der halbgefüllten Kornflasche und zwei Gläsern, schenkt selbst ein und hebt sein Glas: „Ein gutes Leben soll der Bub haben. Gesund sollen er und seine

Eltern bleiben und stark soll er werden! Ein aufrechter Ostpreuße! Auf das Wohl von Kind und Eltern!"

Bauer und Gespannführer kippen den Korn in sich hinein, schütteln sich vor Wohlergehen und erwarten das nächste Glas.

„Danke, Bauer. Wir werden tun, was wir können, damit das Leben gut wird. Für den Kleinen, für den Hof und für uns alle. Marie wird auch endlich wieder arbeiten kommen", erwidert Radberger und verspürt Vorfreude auf das zusätzliche Einkommen durch Maries Mitarbeit in der Landwirtschaft der Echternachs.

„Ist ja nicht der erste kleine Radberger, der sich da mausern wird. Wird schon ein richtiger Bub werden. Grüß die Marie sehr herzlich und richte unsere Glückwünsche aus. Ich lasse eine Extra-Kanne Milch beim Haus abstellen. Die kann sie jetzt bestimmt gut gebrauchen. Wir beide sehen uns morgen, mein Freund. Nimm dir heute frei und kümmere dich um Marie und die Familie!"

Erneut prosten sich die Landmänner zu und schlucken den Korn in einem Zug weg, genießen dabei die angenehme Wärme des gebrannten Alkohols.

Wir schreiben den 30. September des Jahres 1934.
Noch gibt es keine „Nürnberger Rassengesetze" (1935) und noch hat der neue „Führer" das Mutter-

kreuz nicht erschaffen (1938). Gäbe es das Mutterkreuz schon, dann hätte Marie sogar Anspruch auf das Kreuz in Gold, hätte sie dem Führer mit Heinerle doch schon das achte Kind geboren! So aber muss es auch ohne dieses Zeichen der Anerkennung für die gebärfreudige Mutter gehen …

Im Haus am Friedhof wird derweil der neue Erdenbürger von den Frauen der Nachbarschaft liebevoll willkommen geheißen und in immer mehr leinene Tücher verpackt. Da hilft auch das Schreien des Säuglings nichts – da muss er jetzt durch! Mutter und Kind werden mit Weiberküssen zugedeckt und mit besten Wünschen verwöhnt. In den nächsten Tagen kochen die Frauen der Nachbarschaft für die acht Kinder und die Erwachsenen der Familie Radberger.
Man kümmert sich umeinander.

Bald schon wird Marie das Kindbett verlassen und ihrer Arbeit beim Bauern Echternach wieder nachgehen. So, wie sie das bei den anderen sieben Kindern auch getan hat. Das Rad dreht sich weiter …
Es scheint, als sei die kleine Welt der Postnicker noch heil und in Ordnung. Friedenszeit … die Arbeit bestimmt den Takt des Lebens. Und es ist ein gutes Leben mit vollen Kornkammern und gesunden Tieren in den Stallungen. Niemand leidet Not und so soll es auch in Zukunft bleiben.

Kinderjahre ...

So wie die Haffmücken („Zuckmücken" – sie brummen nur, stechen aber nicht) alljährlich im Hochsommer dem Wasser entsteigen und in Unzahl die Luft über dem Dorf wolkenartig mit Leben erfüllen, so sorgt im Hause der Radbergers der Neuankömmling Heiner dafür, dass es nicht langweilig wird.

Als Säugling schreit er, was die Lungen an Atemluft hergeben, in die Stube hinaus und Mutter, Vater und sogar die Geschwister schauen jedes Mal besorgt, ob dem Kindlein was fehlen könnte. Ist es Heiner gelungen, sich auf diese Weise die ihm zustehende Beachtung zu verschaffen, verzieht er das Gesicht zu einem breiten, glücklichen Lächeln, strampelt mit den Beinchen, wedelt heftig mit den Ärmchen, gluckst zufrieden und ... schläft für eine Weile wieder ein. Bis der Hunger ihn wieder zur Höchstleistung treibt oder die eingenommene Nahrung aus dem kindlichen Körper hinausdrängt.

Geplagte Mütter können ein Lied davon singen.

Erst als das Kind zu gehen beginnt und auf eigenen strammen Beinchen durch die niedrige Kate rennt, scheint das Gröbste überstanden und die Mutter atmet erleichtert auf – auch wenn hin und wieder der Esstisch vorschnell von Heiner „abgeräumt" wird und Gläser und Teller dabei zu Bruch gehen.

Heiner entdeckt den Gemüsegarten, zupft die schönsten Salatpflanzen übereifrig aus und ebnet die frisch geharkten Beete mit den Handflächen wieder kunstfertig ein.

Er befreit die Stallhasen aus ihrer Behausung, treibt die Hühner zur Appetitlosigkeit und versucht – noch erfolglos – die einzige Kuh im Stall, Elsa, zu melken.

Das muntere Kerlchen hält alle auf Trab. Schließlich erweitert es seinen Aktionskreis über das häusliche Grundstück hinaus. Von jetzt an gehört ihm sozusagen das ganze Dorf und der sich anschließende große, dunkle Wald wird zu einem einzigen, riesigen Spielplatz für ihn und seine Freunde.

Auch das Haffufer ist nicht mehr lange vor Heiner und seiner Bande sicher. Piraten in Ostpreußen …

Es ist eine glückliche Kindheit – auch wenn Heiner oft mit sich selbst und seinen Freunden alleine ist, weil die Eltern beim Bauern Echternach auf den Feldern arbeiten, während sie den Kleinen im Schutz des Dorfes, wo ihn jeder kennt und hütet, gut aufgehoben wissen.

Dass es keinen Bolzplatz gibt, stört die Dorfkinder nicht – der Wald mit seinen Verlockungen gleicht diesen Makel mehr als nur aus.

Der größte Abenteuerspielplatz der Welt liegt vor der Haustür …

Mit der Einschulung erklimmt diese unbekümmerte Kinderzeit ihren vorläufigen Höhepunkt.

In der Dorfschule werden Heiner neben dem umfangreichen Schulwissen auch die ostpreußischen Tugenden wie Fleiß und Disziplin nahegebracht. Zwei Lehrer versuchen mit den Methoden ihrer Zeit, in vier Klassen und zwei Schulräumen die Kinder auf das spätere Leben vorzubereiten. Wer den Schabernack während des Unterrichts übertreibt, darf auf die Rute vertrauen, mit der die Lehrer Fleiß, Disziplin und Motivation fördern

Noch war das Schlagwort von der „antiautoritären Erziehung" nicht geboren – die körperliche Züchtigung hatte durchaus ihren Platz als Erziehungsmethode in der Schule und auch zuhause. Hieß es nicht: „Zuckerbrot & Peitsche"?

Nicht verschwiegen werden soll aber auch, dass die kleine Dorfschule schließlich der Ort war, wo den Kindern Zusammenhalt, gegenseitiges Eintreten füreinander und der Stolz auf die eigene Leistung, die Klassenkameraden und das Land Ostpreußen vermittelt wurden.

Jener Stolz, der diese Menschen ein Leben lang begleiten und auszeichnen wird. Neben der eigentümlichen ostpreußischen Sprache ist es dieser Stolz, der den Menschen in den schwersten Stunden ihres Lebens Kraft zum Weiterleben und Neuanfang spenden wird … der Stolz, Ostpreuße zu sein … egal, in welchem Land und an welchem Ort dieser Welt man gerade lebt.

Auch Heiners Geschwister, die Brüder Fritz (* 1921), Kurt (* 1924), Horst (* 1931) und die Schwestern Martha (* 1920), Gertrud (* 1922), Anni (* 1926) und Erna (* 1929) haben sich in der Dorfschule von Postnicken das Rüstzeug fürs Leben erarbeitet.

Zum Zeitpunkt der Reise nach Postnicken 2018 sind mit Ausnahme der an Demenz erkrankten Martha alle Geschwister längst verstorben.

Heiner ist ein aufgewecktes Kerlchen, begreift die Lerninhalte rasch und erledigt seine Hausaufgaben flink und meist ohne Hilfe der Eltern. Sein Lebensweg scheint vorgezeichnet: Wie der Vater so würde auch der Sohn irgendwann als Gespannführer beim Großbauern Echternach sein Auskommen finden.

Schließlich sind Vater und Bauer doch schon am Tag seiner Geburt übereingekommen, dass der neue Erdenbürger Landarbeiter bei Echternach werden würde. Und das Wort eines ostpreußischen Großbauern ist Gesetz und gilt.

Was sollte dem Glück des jungen Heiner Radberger im Wege stehen?

3. POSTNICKEN

Nach seiner Flucht verfasst der Hauptlehrer a. D. Fritz Romeike 1957 in seiner neuen Heimat Wittlage im Landkreis Osnabrück die „Chronik der Gemeinde Postnicken".

Danach leitet sich der Name „Postnicken" vom Altpreußischen „Nicken" ab, was schlicht Dorf oder Siedlung bedeutet. Vorangestellt wird das Bestimmungswörtchen „Post", das auf die „Fruchtbarkeit" des Bodens hinweist – man denke da beispielsweise an das verwandte ungarische Wort „Pußta".

Postnicken kann somit getrost als „Dorf im fruchtbaren Weideland" übersetzt werden.

Wie die meisten Dörfer im Samland, so ist auch Postnicken als Runddorf erbaut worden: In der Mitte liegt der Dorfanger, der wiederum von einer „Beek", einem Wasserlauf, durchzogen ist, darum herum gliedern sich Straßen und Gebäude.

Die Gutshöfe sind im fränkischen Stil gestaltet, wo Wohnhaus, Stallung und Scheune um einen geräumigen Hof herum angeordnet sind, was im Brandfall von Vorteil ist, weil die Funken dann nicht so leicht von Dach zu Dach überspringen. Die Stroh- und Schilfrohrdächer vergangener Zeiten sind bei Heiners

Geburt meist schon von festen Dachpfannendächern abgelöst worden.

Die Häuser und Katen des Dorfes strahlen in weißer Tünche. Zusammen mit den roten Dächern vermitteln sie Besuchern schon von weitem einen freundlichen ersten Eindruck.

Die Dorfstraße ist bereits gegen Ende des 19. Jahrhunderts mit Kopfsteinen gepflastert und zu beiden Seiten mit Bürgersteigen versehen worden. Obwohl die so gepflasterte Fahrbahn ziemlich holprig ist, sind die Bürger stolz darauf, denn damit war Postnicken den meisten samländischen Dörfern voraus.

Im Fischereihafen prägen die Keitelkähne (flache, bis zu 11 m lange Segelkähne ohne Kiel, die speziell im Haff Verwendung finden) das malerische Bild.

Landwirtschaft und Fischerei bestimmen das Erwerbsleben im Dorf.

„Gibt das Land nicht, gibt das Haff", pflegen die Einheimischen ihr gutes Leben zu erklären. Meist geben beide und bewahren Mensch und Tier über Jahrhunderte hinweg vor Hunger und Not, lassen gar einen gewissen Wohlstand wachsen.

Anno 1939 fühlen sich 950 Menschen in Postnicken zuhause. Schule, Kirche, Gasthaus und Friedhof gehören ebenfalls zum Dorf wie einige wenige Handwerksbetriebe, die Schmiede und der Friseur.

Die meisten Dörfler finden als Landarbeiter ihr Auskommen bei den Großbauern Georg Mattern, Paul Echternach, Erhard Homp und Walter Gottschalk, wo sie als Melker, Gespannführer, Verwalter oder als Knecht oder Magd Arbeit, Lohn und Brot finden. Es sind fleißige Menschen, die sommers oft mehr als 10 Stunden und ab Mitte Dezember für bis zu 6 ½ Stunden gegen Geld und Naturleistungen (Deputate) ihrer Arbeit nachgehen.

So detailgetreu und lebensnah Hauptlehrer Romeike das Dorf auch beschreibt – dem jungen Heiner Radberger erschließt sich ein völlig anderes Gebilde.

Wichtig sind ihm die Wasserläufe, wo er erste Schwimmversuche macht, bis er sich schließlich im Haffwasser wohlfühlt wie der bekannte „Fisch im Wasser".

Die saftigen Wiesen mit den blühenden Blumen und dem hohen Gras, in dem sich gut Verstecken spielen lässt, und – natürlich – der tiefe, dunkle und schier endlos große Wald am Ende des Dorfes sind Heiners Lieblingsplätze. Dort erklettert Heiner die ersten Bäume, um Ausblick zu nehmen über die Gegend und vor allem das Haff, das in ihm die Neugier auf die Weite der Welt weckt. Und dort legt Heiner mit seiner Bande erste Verstecke an, die sie vor den

Blicken der „Großen" schützen sollen. Hier träumen die Dorfbuben ihre Träume und schmieden ihre Pläne. „Krieg ist", heißt es. Was das wohl bedeuten mag?

Wenn Heiner zur Schule geht, kürzt er den Schulweg ab und rennt über die Wiese hinterm Haus, nimmt die kleine hölzerne Brücke über die Beek und stürmt dann meist auf die letzte Minute auf seinen Platz im Klassenzimmer.

Auf dem Heimweg lässt er sich viel mehr Zeit, schaut oft noch im Stall beim Bauern Echternach rein, wo er von den jungen Mägden mit Süßigkeiten, Milch oder Obst verwöhnt wird. Tobt Heiner unter den Pferden herum oder klettert er auf die Milchkühe drauf, bleibt den Mägden das Herz stehen, weil sie fürchten, dem Bengel könnte ein Unheil passieren. Heinerle lacht die Ängste der Frauen weg und ehe sie ihn aus dem Stall jagen können, ist er schon über den Stallmist nach draußen gesprungen und auf dem Weg nach Hause. Er darf es nicht übertreiben mit seinen Abstechern zum Bauernhof, denn die Mutter weiß, wann Schulschluss ist. Sorgt sich die Mutter um ihn, weil er sich verspätet ... dann kriegt er mindestens eine Predigt zu hören. Hat er sich und seine Schulhosen verdreckt, dann setzt es auch schon mal eine leichte Ohrfeige ... auch die lacht er dann frech weg.

Mit ausgestreckten Armen springt er auf die Mutter zu, umklammert deren schlanken Hals.

„Mutti, was ist *Krieg*?", fragt Heiner unvermittelt.

4. Dörflicher Alltag

Arbeit bestimmt das Leben am Haff. Sie gibt den Takt vor, nach dem sich die Menschen richten.

Für Vater Radberger bedeutet das je nach Jahreszeit: Vom 01. Mai bis zum 31. August sind 11 Stunden Arbeit bei Bauer Echternach die Regel, vom 01. bis 15. September dann 10 Stunden, danach 8 Stunden und vom 01. bis 31.Dezember im tiefen Winter immer noch 6 ½ Stunden, um dann im Januar wieder auf 7 ½ Stunden und auf 8 ½ Stunden ab März anzusteigen.

Für seine Arbeit erhält Johann Radberger in den langen Sommermonaten einen Lohn von 38 Reichsmark (RM) ausgezahlt, im Winter verringert sich die Zahlung auf 28 RM im Monat.

Zu dem in bar ausgezahlten Lohn kommen je nach Beschäftigung noch Zuschläge hinzu – als Gespannführer steht Johann Radberger ein Stallgeld von 6 RM monatlich zu.

Für das Klopfen der Sense in der Ernte sind 0,52 RM je Mähtag fällig.

Das Streuen von Dünger per Hand wird mit 0,50 RM vergütet.

Mindestens so wichtig wie der in Geld ausgezahlte Lohn sind aber die Sachleistungen, die mit dem Bauern vereinbart sind, die sogenannten „Deputate":

1. Freie Kuhhaltung mit Weide und Winterfutter, Strohstreu und Stall.
2. 36 Zentner Getreide (2 Zentner Getreide zu Weihnachten extra).
3. 1 ¼ Morgen Kartoffelacker, Gemüse, Milch u. v. a.
4. 14 Raummeter Brennholz
5. Freies Fuhrwerk nach Bedarf und vieles andere ...

Führt der Gespannführer Fuhren für den Betrieb aus, die mit der Landwirtschaft nichts zu tun haben – z. B. Transport von Holz, Steinen, Kies –, dann werden auch hierfür Zuschläge nach Vereinbarung gezahlt. Bauer Echternach ist nicht kleinlich – weiß er doch seinen zuverlässigen Mitarbeiter zu schätzen.

Viele Familien der Landarbeiter bleiben ihren Gutsherren über Generationen treu. Über die Jahre hin entwickelt sich so etwas wie eine Fürsorge- und Dienstpflicht zwischen dem Bauern und seinen Arbeitern.
So ist es auch gerne gesehen, dass der kleine Heiner Radberger nach der Schule immer wieder im

Bauernhof auftaucht, die Ställe inspiziert, sich spielend an die spätere Arbeit herantastet, „die Bauernluft schnuppert".

„Der Bub wird schon. Der kleine Radberger ... das passt!", brummelt der Bauer dann zufrieden.

Vier Großbauern teilen das Acker- und Weideland quasi unter sich auf:

- Georg Mattern 207 ha,
- Paul Echternach 155 ha,
- Erhard Homp 107 ha,
- Walter Gottschalk 95 ha.

(1 ha = 10.000 m², 1 Morgen = 0,25 ha oder 25 ar)

Eine Besonderheit, die alle vier Großbauern miteinander verbindet, ist die Hofglocke, die in einem kleinen, überdachten Glockenstuhl am Dachgiebel in der Nähe des Gutshauses angebracht ist.

Diese Glocke wiegt immerhin bis zu 20 kg und wird vom Gutsherrn, meist aber vom Vorarbeiter, zu Beginn der Arbeitszeit, zur Mittagspause nach dem Essen wieder zum Beginn der Arbeitszeit geläutet.

Sind wichtige Nachrichten zu verkünden, läutet die Glocke die Zusammenkunft ein und die Arbeiter strömen zum Treffpunkt.

Und so bleibt es nicht aus, dass Heinerle irgendwann das Glockenseil ergreift und mit all seinem Körpergewicht daran zieht und läutet. Die Mägde stürmen aus dem Stall und schimpfen, was das Zeug hält, als sie den Kleinen sehen: „Taugenichts, hörst du sofort damit auf. Die Rute wirst du kriegen ..."

Welche Rolle die Bauernschaft jener Zeit im Leben des Dorfes spielt, kann man erahnen, wenn man sich den Viehbestand des Jahres 1939 ansieht:

- Milchkühe 540 Stück,
- Jungvieh 440 Stück,
- Pferde und Fohlen 255 Stück.

Drei Bauern arbeiten bereits einige Jahre vor dem Kriege schon mit Treckern. 1939 gibt es im Dorf 12 Personenkraftwagen. Die Motorisierung ist nicht mehr aufzuhalten ... Seit 1928 fährt der Omnibus regelmäßig von Postnicken nach Königsberg.

Bis 1930 betreibt Paul Echternach auch die einzige Windmühle des Dorfes. Ungefähr 300 m südlich des Dorfes gelegen, wird sie zum Wahrzeichen des Ortes und zeigt den Fischern die Einfahrt in den kleinen Hafen. Die Stilllegung der Windmühle ist wohl auch der neuen Zeit geschuldet ...

Familienleben

Johann Friedrich Radberger wird am 15.12.1896, seine Frau Marie am 02.02. desselben Jahres geboren.

Zwischen 1921 und 1934 gebärt Marie ihrem Gatten 8 Kinder (4 Jungens, 4 Mädchen). Ganz selbstverständlich kümmert sich die Frau um das Familienleben, versorgt Kinder, Ehemann und Haushalt, bepflanzt den Garten und ist die Seele von Haus und Familie.

Nebenbei hilft Marie immer wieder und gerne bei Bauer Echternach aus, etwa bei der Kartoffelernte oder wenn Heu eingebracht wird, eben immer, wenn viel Arbeit da ist und die Zeit drängt … Marie kommt bei dieser Gelegenheit unter die Leute und nimmt so am Dorfleben teil. Das zusätzliche Einkommen ist in der großen Familie überdies herzlich willkommen.

Wenn der Monat noch dauert, das Bargeld aber schon aufgebraucht ist, dann muss die Familie dank der klugen Marie doch nicht Hunger leiden.

Sie ist eine hervorragende Köchin und vor allem der übliche Speisefisch des Haffs, der Kaulbars, ein 10 bis 12 cm langer Fisch mit spitzen, stacheligen Flossen, wird dann in Salzwasser gekocht und zu Pellkartoffeln gereicht. Gut gewürzt sättigt und schmeckt das Gericht wunderbar und wird auch gerne als Krankenkost bei Erkältungen „verordnet".

Heiner ist nun schon groß genug, dass Marie ihn immer öfter ganz alleine zum Fischer nach Fischresten schickt, die sie mit Gemüse und Kartoffeln anreichert und so eine wohlschmeckende Fischsuppe zaubert.

Der Rest der Kaulbarssuppe ist ein bewährtes Hausmittel gegen Schweineläuse. Die Schweine werden mit dem Suppenrest „gewaschen", was die Läuse tötet.
Was uns heute möglicherweise befremdet, war damals ... üblich.

Geschmort oder gebraten ist der Haffbewohner eine wahre Delikatesse.
Auch wenn das Geld immer knapp bemessen ist, so geht es der Familie Radberger doch gut.

Der Krieg rückt näher

Ab Sommer 1944 erobert die Angst vor den vergewaltigenden, mordenden und brandschatzenden russischen Soldaten auch Postnicken.

Fritz, der älteste Sohn (*1921) der Radbergers, ist längst als MG-Schütze im Fronteinsatz und kommt nur sehr selten nach Hause, auch Kurt leistet den Dienst fürs Vaterland.

Die Töchter Martha und Gertrud sind erwachsen und als Hauswirtschafterinnen außer Haus „in Stellung". Eigentlich hat man gar keine Zeit, sich mit den schlechten Nachrichten zu befassen … der Alltag nimmt die Menschen in Postnicken in Beschlag.

Und da ist ja auch noch die Hoffnung, dass der Führer alles zum Guten wenden würde!

Die Menschen in Postnicken sind evangelisch-lutherischen Glaubens. Der schwache Kirchenbesuch wird durch die schlechten Nachrichten von der Front nicht verbessert. Ob die Gläubigen vermehrt zuhause beten … ist nirgendwo überliefert. Oft muss der Pfarrer den Gottesdienst wegen der geringen Zahl der Kirchenbesucher ausfallen lassen.

Irgendwann werden die drei Glocken im Kirchturm von Soldaten der Wehrmacht abgeholt und zur „Kanone für den Führer" eingeschmolzen. Auf diese Weise seien die Postnicker dann auch noch „am Endsieg beteiligt", trösten die jungen Soldaten den Pfarrer über den Verlust des Geläuts hinweg.

Für Heiner ändert sich im Tageslauf noch nichts. Er geht weiterhin zur Schule und treibt sich danach mit seinen Freunden im Wald oder beim Bauern Echternach auf dem Hofgut herum. Aber er merkt schon, dass die Eltern nicht mehr so oft mit ihm lachen, scherzen und spielen. Sorgenfalten zeichnen sich in den Gesichtern der Dörfler ab. Wechselbäder aus Angst und Hoffnung …

„Mutti, kommt jetzt der Krieg? Was ist Krieg? Ist dann beim Bauern Echternach auch Krieg?" Immer öfter stellt Heiner Fragen, die anfangs noch unbeantwortet bleiben, bis ein Ausweichen nicht mehr möglich ist.

„Wenn der Krieg zu uns kommt, dann halten wir alle zusammen und schaffen das auch. Du musst keine Angst haben. Unsere Soldaten sind tapfer und schützen uns. Nun schlaf, morgen musst du wieder in die Schule gehen und lernen. Du musst früh raus", so versucht die Mutter, dem Kind die Angst zu nehmen und Zuversicht zu verbreiten.

Doch tief innen drin verspürt auch Marie Radberger sie selber … die Angst.

5. Die Russen kommen

Das Leben im Dorf erlahmt. Die Wintersaat kann aus Angst vor den heranstürmenden russischen Horden nicht ausgebracht werden. Die Menschen versammeln sich bei den Großbauern, um die neuesten Nachrichten zu erfahren. Das, was sie da hören, lässt sie zunehmend mutlos werden.

Abend für Abend schauen die Postnicker zum Himmel und betrachten fast ehrfürchtig das Lichterspiel, das sich in den verschiedensten Gelb- und Rottönen darbietet.
„Königsberg brennt", bricht es aus „Juckel" Echternach raus und wie ertappt senkt er das schwere Haupt und schweigt fortan.

In der Ferne dröhnt der Lärm der mit voller Feuerkraft schießenden Kanonen.
Weihnachten 1944 ist KEIN Fest des Friedens – das letzte Weihnachten in Ostpreußen??!
„Was wird das neue Jahr 1945 bringen? Werden wir überleben? Die Heimat verlieren? Was wird aus uns werden? Unseren Frauen ... unseren Kindern ...", das sind die angstvollen Fragen, die sich viele immer öfter stellen. Die Augen zu verschließen, hilft nicht mehr ... Angst ... überall Angst ums nackte Leben!

Heiner hört, wie sich die Eltern mit den Nachbarn besprechen: „Wäre es nicht besser, von hier für eine Weile wegzugehen?", fragt Marie in die Runde.

„Schweig! Wo willst du hin? Fluchtvorbereitungen sind streng verboten. Was du da machst, ist Wehrkraftzersetzung. Denk solche Gedanken nicht einmal. Wir warten ab und bleiben hier!", erwidert der Nachbar und schlurft nach Hause.

Marie und Johann tauschen sorgenvolle Blicke.

Würde der Nachbar Marie für ihre unüberlegten, offenen Worte anzeigen?

Insgeheim beschließen die Eheleute, leise Vorbereitungen für die Flucht zu treffen. Das Tafelgeschirr vergraben sie im Garten ... man wird es nach der Rückkehr wiederfinden, da sind Marie und Johann zuversichtlich.

Der Rest wird im Haus verbleiben – verstecken nutzt ja nichts.

„Vorräte nehmen wir mit, Decken und Kleidung auch. In ein paar Wochen sieht die Welt wieder anders aus", versuchen sie, sich gegenseitig Mut zu machen.

„Was sagen wir den Kindern?", fragt Marie ihren Mann.

„Heinerle ist zehn Jahre alt, der versteht die Wahrheit schon. Horst, Erna und Anni sind fast erwachsen und vernünftig. Wir sagen ihnen, wie es ist. Es wird eine schwere Zeit kommen, aber die stehen wir durch und beginnen dann von vorne", flüstert Johann zu Marie.

Die Eheleute umarmen sich lange und innig. Genug gesprochen!

Am nächsten Tag berät sich Johann vertraulich mit Bauer Echternach: „Bauer, Königsberg brennt und der Kanonendonner wird immer stärker. Die Russen werden bald da sein! Könnte ich mir ein Pferd ausborgen, wenn es denn so weit ist, dass wir abhauen müssen? Und ein Wagen wäre auch nicht schlecht. In ein paar Wochen, wenn die Flucht zu Ende ist und wir wiederkehren, bekommen Sie alles zurück – versprochen! In der Zwischenzeit würde ich die Gerätschaften warten und fahrbereit halten, die Pferde neu beschlagen und genügend Decken bereitlegen und Futter bunkern. Aber ich brauche Ihr Einverständnis."

Großbauer Echternach ist fahl im Gesicht, sein Blick ausdruckslos, wie in die Ewigkeit gerichtet.

„Um Himmels willen, Johann. Wenn das rauskommt, werden wir alle an die Wand gestellt und erschossen. Der Gauleiter hat die Flucht verboten.

Wenn wir uns aber nicht vorbereiten und hier bleiben, werden uns die Russen töten ... Unser Verderben droht so und so.

Fang an, Johann und kümmere dich – aber sei vorsichtig und weihe niemanden ein! Nimm, was du brauchst. Gott mit uns", stimmt der Bauer endlich zu.

Nach einem letzten, gemeinsamen Schnaps beginnen beide Männer in aller Stille mit ihren Fluchtvorbereitungen.

Für den Abend bestellt der Bauer seinen Gespannführer zu sich.

„Hast du einen Plan? Wohin sollen wir denn fliehen, Johann?", fragt Paul Echternach seinen Mitarbeiter.

„Ich schlage vor, dass wir uns von dem schwer umkämpften Königsberg fernhalten und versuchen, uns an der Ostsee entlang nach Pillau zum Hafen durchzuschlagen, um dort ein Schiff nach Deutschland zu besteigen – das wäre mein Plan", entgegnet Radberger.

„Das wird nicht leicht, bei diesem Schnee und der Eiseskälte. Überall Russen und Soldaten. Dazu die vielen ehemaligen Gefangenen, die jetzt frei sind und marodieren, auf Beutezug sind. Sollen wir Waffen mitnehmen?", denkt Echternach laut seine Gedanken.

Radberger zuckt mit den Schultern ... muss man darüber sprechen? Machen!!

Nur zwei Tage nach dem vertraulichen Gespräch Johann Radbergers mit seinem Bauern Paul Echternach überholen die tatsächlichen Kriegsgeschehnisse die Planungen der Männer.

Ein Trupp Wehrmachtssoldaten erreicht das Dorf.

Im Kübelwagen fährt ein Offizier schnurstracks auf das größte Haus in der Straße zu. Ein Transportwagen mit Soldaten folgt ihm und hält ebenfalls vor dem Herrschaftshaus des Großbauern Echternach an.

Der Offizier verschafft sich Zutritt zum Haus und kommt sogleich zur Sache: „Wie rasch können Sie den Bürgermeister und die führenden Leute des Dorfes hier um die Hofglocke herum versammeln? Es gibt Wichtiges zu bereden!"

Der Bauer lässt die Soldaten mit Speisen und Getränken bewirten.

Währenddessen schickt er Arbeiter und Mägde zu den anderen Hofbesitzern und dem Schulze los. Die Wehrmachtssoldaten schwärmen aus, klopfen an die Häuser und fordern auf, in längstens einer Stunde an der Hofglocke Echternach zur Versammlung zu erscheinen. Die Hofglocke ruft überdies gellend hell …

Der Hofplatz im Gut Echternach ist gut gefüllt mit sich beratschlagenden Einheimischen. Der Hauptmann ergreift das Wort: „Macht euch bereit zur Flucht! Spätestens in zwei Tagen wird der Russe hier sein. Das Fluchtverbot ist aufgehoben. Schlagt euch an die See durch und versucht, ein Schiff nach Westen zu besteigen. Die Wehrmacht wird euch Schutz geben, wo immer sie das tun kann. Die Lage ist ernst. Nehmt nur das Nötigste mit. Gott mit euch!"

Spricht's, steigt in den Kübelwagen und entschwindet. Zurück bleiben sprachlose Menschen, die mehr und mehr erkennen, dass ihre Hoffnungen auf ein Führerwunder nicht erfüllt werden.

Die Großbauern übernehmen das Kommando, stellen den Treck zusammen und geben an Gerätschaften aus, was die Höfe bieten.

Schnell stellt sich heraus, dass die meisten Einwohner im Dorf entgegen der Anordnung des Gauleiters schon Vorbereitungen getroffen hatten.

Nach kurzer Nacht mit wenig Schlaf bricht der Treck der Flüchtenden am Morgen des 21. Januar 1945 in Richtung Ostsee auf.

Von den 860 Einwohnern (Jan. 1945) schließt sich genau die Hälfte dem Treck an, die andere Hälfte mag lieber im vertrauten Haus bleiben und die Ankunft der Russen abwarten. „Es wird schon nicht so schlimm werden", lautet deren Hoffnungsspruch.

„Und es ward noch viel schlimmer", möchte dem aus heutiger Sicht entgegnet werden.

Für Flüchtende und Bleibende beginnt damit eine lange Zeit des Leides!

6. Die Flucht

Vorbereitungen

Die unmissverständliche Aufforderung des Wehrmachtsoffiziers zum Aufbruch hat im Dorf rege Betriebsamkeit ausgelöst. Hektisch bereiten sich die Dörfler auf die Winterflucht bei Eis, klirrender Kälte und hohem Schnee vor, packen Kleidung, Decken und Vorräte für Mensch und Tier ein und übergeben das, was daheim bleiben soll, in die Hände von Vertrauten und Nachbarn.

Immer noch gehen die Menschen davon aus, dass sie bald wieder zurückkehren würden ...

Was soll mit den vielen Kühen, Rindern und Ochsen in den Ställen geschehen? Was mit den Pferden anstellen? Die Hunde mitnehmen oder zurücklassen? Hühner, Enten, Gänse ...? Diese Landmenschen lieben ihre Tiere, sind über viele Jahre mit ihnen eng verbunden aufgewachsen, leben von und mit ihnen. Die Daheimgebliebenen werden kaum alle fast 600 Milchkühe melken und versorgen können. 500 Stück Jungvieh und fast 300 Pferde und Fohlen zu füttern und zu misten, die Schlachtschweine ... das wird nicht zu schaffen sein.

Bauern und Arbeiter diskutieren darüber, was mit den Tieren geschehen soll.

Einfach sich selbst überlassen? Alle Tiere töten?

„Die Scheunen sind voll mit Heu, Stroh, Kartoffeln und Rüben – es ist genug Futter vorhanden. Die Tiere sind für uns ohnehin verloren, sobald die Russen kommen.

Wenn die Russen sehen, dass genügend Futter vorhanden ist, dann werden die sich kümmern – schließlich brauchen die auch Milch, Butter, Käse und Fleisch. Das geht schon. Lassen wir Häuser und Ställe offen zurück, dann besteht auch kein Anlass, sie kaputt zu machen. Die müssen ja auch irgendwo wohnen.

Militär liegt keins im Dorf, auch kein Rüstungsbetrieb – es wird bestimmt eine friedliche Übernahme erfolgen.

Lassen wir alles so, wie es ist. Was die treuen Hunde angeht, so überlege jeder selber, ob er das Tier auf die Flucht mitnehmen möchte. Bedenkt dabei, dass wir mit dem Schiff fahren müssen ... vielleicht ist der Gnadenschuss doch das Beste, was wir dem Tier angedeihen lassen können. Entscheide jeder selbst! Katzen bleiben hier, die überstehen die Kälte nicht", so sprechen sich die vier Großbauern ab.

Schwere Herzen und nagende Zweifel

Heiner sieht, wie die Eltern wieder und wieder durch das kleine Haus streifen, geistesabwesend, fast träumend das Mobiliar „streicheln", durch den Stall und über den Hof in den Garten gehen. Wortlos nehmen sie Abschied von der so lieb gewonnenen, vertrauten Umgebung. Hier waren sie tief verwurzelt, hier kamen ihre gemeinsamen Kinder zur Welt.

Irgendwann liegen sich Marie und Johann Radberger schluchzend in den Armen und weinen bitterlich. Dicke Flucht-Tränen und es sollten nicht die letzten sein!

In diesem Augenblick nimmt sich Heiner vor, nicht zu weinen und stark wie ein Mann zu sein!

Der junge Mann ist knapp 10 Jahre und 4 Monate alt und seine kurze Kindheit ist … zu Ende!

Großbauer Paul Echternach durchstreift seit dem frühen Morgen die riesigen Kuhställe, spricht zu einzelnen Milchkühen, streichelt die neugeborenen Kälber, nimmt den Zuchtstier fast zärtlich bei den Hörnern … und schüttelt immer wieder den Kopf.

„Paul, lass los, wir können die Zeiten nicht ändern. Wir müssen uns und die uns anvertrauten Leute in

Sicherheit bringen", so spricht ihn seine Frau leise, aber bestimmt an.

„Ach Frau. Ist es richtig, was ich da mache? Über Generationen hat unsere Familie diesen Hof betrieben. Wir haben uns Achtung und Wohlstand erarbeitet. Ich bin mit Leib und Seele ostpreußischer Bauer. Was soll ich im Reich machen?" Den Bauern quälen große Selbstzweifel. „Schau dir das Vieh an, das braucht uns. Die prallen Euter der Kühe müssen gemolken werden. Bald werden die Tiere vor Schmerz laut schreien – wer kann da ruhig bleiben?", murmelt der Gutsherr vor sich hin.

„Und die vielen alten Leutchen, die werden uns wegsterben unterwegs. Die Kinderchen werden erfrieren, die holen sich alle den Tod. Sollten wir nicht besser zuhause bleiben und abwarten? Sag' mir, was ist richtig, Liebe!"

Der Bauer steht mit hängenden Schultern vor seiner Frau.

Die Verzweiflung ist ihm ins Gesicht geschrieben.

„Jetzt ist guter Rat teuer!", flüstert er zu sich selbst.

„Paul – über all die Jahrzehnte warst DU der Anführer deiner Leute. Zu DIR schauen sie auf, DIR vertrauen sie. DU wirst sie in die neue Zukunft führen!

Zuerst kommen die Menschen, danach das Vieh. Die Russen werden die Tiere gut behandeln – aber an uns Menschen wollen sie Rache nehmen! Reiß dich zusammen, Mann! Wir brauchen dich jetzt! Alle zählen jetzt auf dich!"

Mit sanfter Gewalt zieht die Bäuerin ihren Mann ins Haus zum Frühstückstisch.
Der Fels in ihrem bisherigen Leben scheint brüchig geworden zu sein? Der Mann, auf dem bisher die Verantwortung für mehr als hundert Menschen im Arbeitsleben lag, scheint die Kraft verloren zu haben.
Jetzt ist SIE gefordert, die Bauersfrau. Sie spürt es und ist bereit, diese neue Rolle mit Leben zu füllen.
Während der Bauer noch zur Kaffeetasse greift, gibt die Bäuerin erste Anweisungen und stellt die Wagenreihe zusammen. Es muss ja weitergehen. Starke Ostpreußenfrau!

Auch die Radbergers packen Hab und Gut zusammen. Nur das Nötigste auf den Wagen. Decken vor allem und Vorräte.
„Denk an die Rucksäcke. Jeder nimmt einen Rucksack – auch Heiner kriegt einen. Wenn wir den Wagen verlieren sollten, haben wir immer noch die Rucksäcke mit warmen Sachen, Medizin, Essbarem", Marie behält den Überblick, während Johann beim Bauern den „Max" abholt, ein gutmütiges, kräftiges und genügsames ermländisches Kaltblutpferd, das den hölzernen Wagen ziehen soll. Auch Stroh für den Gaul kommt auf den Wagen.

Möbel und Einrichtungsgegenstände verbleiben im Haus – „Wir kommen ja wieder!" Die Kinder Horst, Erna, Anni und Heiner und die Eltern Johann und Marie sind ab sofort FLÜCHTLINGE!

Ganz früh, noch lange bevor der Morgen graut, bellen am Dorfrand vereinzelt Schüsse auf. Nein, das sind nicht die ersten russischen Soldaten, die das Dorf erreichen. Es sind die Besitzer von Haustieren, Hunden und Katzen, aber auch Reitpferden, die sich endgültig und unter großen Schmerzen von ihren Lieblingen trennen.

Die Tierliebhaber erschießen ihre vierbeinigen Freunde ... diese treuen Wesen sind die ersten Blutopfer der Winterflucht aus Ostpreußen.

Schweigend kehren die Männer in ihre Häuser zurück. Sie haben getan, was getan werden musste.

Um die Augen tiefschwarze Ringe. Manch ein „harter Mann" spürt keine Hemmung und lässt seinen Tränen freien Lauf. Auch Paul Echternach weint an diesem frühen Morgen ...

Aufbruch

Sobald es hell wird, bricht der beachtliche Treck auf: Mehr als 400 Menschen machen sich auf den Weg, „Heim ins Reich". Ein Reich, das es schon bald nicht mehr geben wird – welche Sicherheit kann es diesen Traurigen noch bieten? Wie wird es sie empfangen? Werden sie je dort ankommen?

Wie der Hauptmann empfohlen hat, wollen die Flüchtenden in Richtung Cranz, Rauschen (Bernsteinküste), weiter nach Palmnicken und schließlich dem Ostseeufer bis zum Hafen Pillau folgen. Dort sollen Schiffe liegen, die die Flüchtlinge ins Reich bringen. Überall, wo unterwegs deutsche Schiffe liegen, wollen sie versuchen, eine Überfahrt ins Reich zu erhalten.

Die Alternative besteht im Treck über Land. Dazu würde man versuchen, bei Pillau das zugefrorene Haff zu überqueren und auf der Frische Nehrung und über Danzig und Pommern nach Westen zu gelangen.

Nur 400 m Eisfläche wären da zu bewältigen und die Menschen hätten wieder festen Boden unter den Füßen. Die Menschen wissen um die Gefahr, die vom Himmel droht: die russischen Jagdbomber!

Und dennoch wollen sie es versuchen ...

Der Treck würde in diesem Fall versuchen, geschlossen ins Reich zu kommen. Die Postnicker wollen zusammenbleiben – und irgendwo im Reich ihr „Neupostnicken" gründen!

Man wird sehen müssen, was machbar ist und welcher Plan verworfen werden muss.

Die Ungewissheit liegt wie ein bleiernes Tuch über den Menschen.

Ohne dass es jemand angeordnet hätte, bekreuzigen sich viele, als sie bei der Dorfkirche vorbeiziehen: „Gott mit uns! Im Namen des Vaters, des Sohnes und des Heiligen Geistes – AMEN."

Die Straße frei …!!

Bevor es endlich losgeht, wird die Wagenordnung festgelegt. Damit niemand unbemerkt verloren geht, soll morgens und abends die Vollzähligkeit geprüft werden. Wagenführer und Verantwortlichkeiten werden bestimmt.

Januar 1945 im Samland – es schneit, der Wind bläst schneidend kalt, Temperaturen von minus 25° C, glatte Straßen.

Die Kolonne der Flüchtenden kommt nur sehr langsam voran. Immer öfter drängen fremde Flüchtlingswagen und Flüchtende zu Fuß in die Wagenkolonne hinein, sodass die anfängliche Wagenordnung nicht lange aufrechterhalten werden kann.

„Jeder schlägt sich selber durch", wird bald zum Leitmotto der Postnicker.

Um möglichst nicht zwischen die Fronten der kämpfenden Truppen zu geraten, benutzen die Flüchtenden Nebenstraßen und Feldwege, die ohnehin nicht sehr breit angelegt sind. Schneewehen so hoch wie Sanddünen, kaputte Wagenteile, tote Pferdeleiber, unter der schweren Schneelast gebrochenes Geäst, verlassene Autos und viele, viele Menschen ... verstopfen die Straßen.

Immer mehr Wehrmachtsfahrzeuge fegen an den Flüchtenden vorbei. Weil sie fürchten, im Schnee steckenzubleiben, fahren sie mit recht hoher Geschwindigkeit und nehmen auch keine Rücksicht auf irgendwelche Hindernisse, die im Wege stehen.

Durch die heulenden Motoren werden nicht selten die Pferde scheu und rutschen samt Wagen und Menschen in die Gräben oder gehen ganz einfach durch. Grässliche Unfälle geschehen auf diese Art – ohne anzuhalten zieht die Kolonne weiter, auch die Soldaten haben keine Zeit, sich um die Schäden an Gerät und Mensch zu kümmern.

Schreien ... Heulen ... Wimmern ... Fluchen ... Stöhnen, das ist die Begleitmusik zur Flucht. Da bekommt das Lied der Nazis „Die Straße frei" schnell einen ganz anderen Sinn.

Johann Radberger ist ein erprobter Fuhrmann, der seinen Wagen gut lenkt.

Damit das Pferd ruhig bleibt und weil es sich in Bewegung nicht so arg friert, führen Marie und Heiner „Max" – den Gaul – die ganze Strecke schon am Zügel. So kommt es, dass Heiner und Marie die Flucht zu Fuß erleben. Heiner führt Max auf der rechten Seite, Marie links. Fast wortlos stapfen sie durch Schnee und eisige Kälte.

Angst

Schnee, Schneesturm, eisige Kälte und Chaos sind EINE Seite der Flucht. Die andere Seite ist die Angst, die in jedem Einzelnen dieser „Neu-Heimatlosen" drinnen steckt. Damit ist die Angst gemeint, von dem russischen Feind überrollt zu werden. Zu groß scheint die militärische Übermacht des Feindes geworden zu sein, als dass Wehrmacht, Volkssturm und SS-Einheiten noch länger erfolgreich Widerstand leisten könnten.

Der Appell des russischen Marschalls Georgi Konstantinowitsch Schukow, Oberbefehlshaber der ersten Weißrussischen Front, aus dieser Zeit ist klar und eindeutig:

„Die Zeit ist gekommen, mit den deutsch-faschistischen Halunken abzurechnen. Groß und brennend ist unser Hass! Wir haben unsere niedergebrannten Dörfer und Städte nicht vergessen. Wir gedenken unserer Brüder und Schwestern, unserer Mütter und Väter, unserer Frauen und Kinder, die von den Deutschen zu Tode gequält wurden. **Wir werden uns rächen** *für die in den Teufelsöfen Verbrannten, für die in den Gaskammern Erstickten, für die Erschossenen und Gemarterten.* **Wir werden uns rächen für alles!**"[2]

Am 26. Januar 1945 bereits stehen russische Truppen bei Tolkemit am Frischen Haff. Jenem Gebiet, dem die nichtsahnenden Flüchtlinge aus Postnicken mit so vielen Hoffnungen zustreben.

„Ein Schiff, ein deutsches Schiff … Herrgott schick uns ein deutsches Schiff", betet Marie Radberger sicher nicht als Einzige still vor sich hin.

In jedem Küstenort des Samlandes, in dem deutsche Schiffe ihre menschliche Ladung aufnehmen, verstopfen zurückgelassene Pferdewagen die Fahrwege. Oft sind die treuen Freunde dieser Menschen,

---

[2] So lautet der Tagesbefehl des Marschall Schukows zum Beginn der Januaroffensive 1945 in Ostpreußen: „Tod den deutschen Okkupanten".
Nachzulesen bei Fritz Becker, „Stalins Blutspur durch Europa", Kiel, 1995, Seite 204; Sonya Winterberg, „Wir sind die Wolfskinder", Piper Verlag 2014; Der Spiegel vom 01.06.2002 u.a.

die Pferde, noch im Geschirr eingespannt und harren auf Futter und Pflege, während ihre Herrschaft schon auf dem Seewege ins Reich ist. Hin und wieder empfangen die Tiere den Gnadenschuss aus der Hand ihres Bauern …

Weil die Menschen meist nur ihre nackte Haut mit aufs Schiff nehmen dürfen, bleiben Haushalts- und Wertgegenstände, Vorräte, Decken und alles Mitgeschleppte auf den Wagen.

Auf der Suche nach Futter und Schutz vor der Kälte streunen frei gelassene Pferde durch die Straßen der Städte, hin zu den Parks und Wäldern.

Bald werden sie von russischen Soldaten als willkommene Ergänzung ihrer Soldatenverpflegung erlegt und gebraten. Ähnlich ergeht es den herrenlosen Kühen und Kleintieren – Soldatenverpflegung im Winter 1945.

Paul Echternach

Der breitschultrige Großbauer ist still geworden.

„Wenn ein Bauer seine Tiere nicht versorgen kann, wenn er sie gar töten muss, dann ist er kein Bauer mehr! Dann hat er versagt!"

Immerzu denkt er an seine zurückgelassenen Tiere und hofft dabei inständig, dass die Russen sie gut behandeln würden.

„Was können die Tiere für den Krieg der Menschen?", brummt er vor sich hin.

Er ist nicht mehr wiederzuerkennen.

Die breiten Schultern sind wie von einer unsichtbaren Last gedrückt nach vorne gebeugt. Seine Schritte sind langsamer geworden, schwerer und unsicherer.

Das Lachen, seine Freude am Bauerndasein … alles ist verschwunden.

Die Sorge hat sich in ihm breitgemacht, droht, ihn aufzufressen und seiner Kraft zu berauben.

Hatte er bisher in seinem Leben die Zügel immer straff in den Händen geführt, so ist es in dieser harten Zeit mehr und mehr seine Ehefrau Margarete, die Entschlossenheit ausstrahlt, Hoffnung, Mut und Zuversicht vermittelt.

Es scheint, als hätten die Eheleute die Rollen getauscht.

Der Bauer spricht kaum mehr was und isst auch nur noch wenig. In Gedanken versunken, sitzt er auf dem Wagen und lenkt das Fuhrwerk.

Diese beiden Pferde sind das Letzte, was von dem stolzen Gutsbesitz geblieben ist.

„Was hast du aus deinem Leben gemacht, Paul Echternach?", grübelt er.

„Ein Flüchtling bist du, ein Heimatloser, ein ... Nichts und Niemand!"

Seine tapfere Frau holt ihn mit einer duftenden Tasse Kaffee für kurze Zeit in die Gegenwart zurück.
„Trink, Paul. Der tut dir gut, mein Lieber! Ich weiß, was dich quält, und habe Angst. Ich habe Angst um dich, mein Mann! Du bist der beste Mann der Welt. Den Kindern ein fürsorglicher und liebevoller Vater, deinen Leuten auf dem Hof ein gerechter und guter Bauer!
Auch diese böse Zeit wird vorübergehen. Wir fangen dann neu an. Egal, was wird. Wir haben UNS!" Kann eine Frau liebevoller mit ihrem Mann sprechen?
„Ach, Grete. Wo ist meine Kraft nur hin? Was mag noch vor uns liegen? In mir drinnen ist es so kalt. Es ist so dunkel", klagt Paul Echternach.

Die Nacht verbringt der Treck im Schutze einer Waldlichtung. Einige Lagerfeuer lodern, Grog, Kaffee und Tee werden gereicht.
Es gibt warmes Essen – die Flüchtenden leiden keine Not, haben ja genug Vorräte für Wochen eingepackt.
Erste Erfrierungen sind zu behandeln, ein paar Alte bereiten Sorgen.
Paul Echternach steht bei seinen Pferden, reibt sie mit Stroh ab und spricht zu ihnen: „Ihr schafft das,

ihr seid starke Tiere. Bald kriegt ihr wieder einen warmen Stall. Bald! Ihr müsst den Wagen ziehen. Ich bin so müde. Es ist so dunkel." Er flüstert die Sätze den Pferden in die Ohren hinein, streichelt die Nüstern der Tiere dabei.

Dann legt sich Paul Echternach in den Planwagen unter die dicken Pferdedecken ins Stroh. Der vertraute Geruch des Strohs begleitet ihn in den Schlaf.
Im Traum sieht er sein stolzes Land verbrennen und sich vor Lachen krümmende Sieger.
„Dich Flüchtling braucht niemand. Schleich dich, Ostpreuße! Was suchst du hier? Deutschland – das gibt es nicht mehr! Hitlerschwein kaputt! Jetzt müsst ihr für alles bezahlen. Schau, was wir mit deinem Vieh machen. Mit euren Frauen …"
Echternach kann diese Worte nicht ertragen.
Er brüllt im Traum und wacht auf.
„Alles ist gut, Paul. Du hast nur geträumt", beruhigt er sich.

Einen Schluck Kaffee … die Beine vertreten.
Hundert Meter nur geht Paul Echternach in den Wald. Von dort aus ist der Treck nicht mehr auszumachen. Das Dunkel des Waldes verschluckt alle Sorgen, scheint es.
„Land der dunklen Wälder und kristall'nen Seen" … summt er vor sich hin.

Unvermittelt greift Paul Echternach in die Jackentasche, nimmt seinen Jagdrevolver heraus, lädt ihn bedächtig und ... schießt sich eine Kugel in den Mund. Der Tod hat das erste Flüchtlingsopfer von seinen Postnickern genommen. „Das Leben mag man uns nehmen – unsere Ehre niemals", flüstert Margarete wie zum Versprechen.

Weil der Boden steinhart gefroren ist, wird Paul Echternach in einer hohen Schneewehe „begraben". Der Treck zieht weiter.

Der kleine Held

Der Treck der Vertriebenen erreicht die Bernsteinküste bei Georgenswalde, einem Vorort des mondänen Seebades Rauschen. Tagelang sind sie unterwegs gewesen. Mehr als 8 bis 10 km am Tage sind nicht zu schaffen.

Die Eltern machen sich sogleich zu Fuß auf den Weg in die nahe Stadt, wo im Hafen einige Schiffe der deutschen Marine ankern. Sie wollen sich erkundigen, ob die Schiffe sie und ihre Kinder ins Reich mitnehmen würden. Und sie wollen schauen, was mit Pferd, Wagen und Ladung geschehen könnte?

Die erwachsenen Kinder Horst und Erna bewachen die Wagen anderer Postnicker, während die ebenfalls auf Erkundungstour in der Stadt unterwegs sind.

Heiner soll den Wagen der Radbergers vor Plünderung, Beschädigung und Diebstahl schützen. „In diesem Wagen ist alles, was wir noch haben. Pass gut darauf auf", hatte ihm die Mutter eingetrichtert und ihm zum Ende ihrer Belehrung hin eine geladene Pistole 08 übergeben.

„Damit schießt du in die Luft, wenn jemand sich am Wagen vergreifen sollte. Verstehst du das? Wirst du das tun?", fragt die Mutter den Zehnjährigen und schaut ihm dabei tief in die Augen.

„Wenn wir deine Schüsse hören, kehren wir sofort zu dir zurück!", verspricht Marie dem Sohn.

„Mach dir keine Sorgen, das schaffe ich schon!", antwortet der mutige Heiner.

Als es dunkel geworden ist, wird der Junge vom Schlaf übermannt. Erst als er auf dem Nachbarswagen ein Geruckel und Getöse bemerkt, schreckt er hoch.

Die gebeugte und in Lumpen gehüllte Gestalt ist gerade dabei, den Wagen nach Brauchbarem zu durchsuchen, da schreit Heiner laut auf: „Dieb, Dieb, da klaut einer! Helft mir, da klaut einer!"

Spontan zerrt Heiner die Pistole hervor und schießt in die Luft. Seine kleinen Hände umklammern den Pistolengriff, dabei zieht er wieder und wieder den Abzug durch.

Am Ende fällt der Plünderer nach hinten weg vom Wagen runter in den Matsch ... getroffen vom gezielten Schuss eines SS-Scharfschützen, der – durch die Pistolenschüsse aufmerksam geworden – die Situation aus der Nähe beobachtet hat.

Der SS-Trupp unter der Führung eines Untersturmführers tritt aus der Dunkelheit heraus und geht auf Heinerle zu.

„Gut gemacht, Kleener, sehr gut gemacht. Hast das Eigentum deiner Leute heldenhaft verteidigt! Mal sehen – wo EINE Ratte ist, treiben sich oft auch noch mehr herum", sagt der Soldat.

Fächerartig durchstreifen die SS-Männer die Umgebung und finden recht schnell vier weitere in Lumpen gehüllte Gestalten, die vermutlich aus einem der Außenlager des KZ Stutthof entsprungen waren und auf der Suche nach Essbarem und warmer Kleidung sind.

Kurzerhand stellen die SS-Männer die in Lumpen gehüllten Menschen an den Rand der Steilküste und erschießen sie aus nächster Nähe mit kurzen Feuerstößen aus ihren Maschinenpistolen.

Die toten Körper klappen zusammen und fallen ins Dunkel der Steilküste, wo sie am Strand aufschlagen und liegen bleiben.

„Erledigt! Die werden bei der nächsten Flut von der See gefressen!", meint der Truppführer zufrieden und ungerührt.

Natürlich sind die Eltern sofort zu ihrem Jüngsten zurückgekehrt, als sie die Schüsse hören. Erleichtert sehen sie, dass Heiner unverletzt und wohlauf ist.

Nur still ist er, weint nicht mal, blickt müde in den Nachthimmel.

„Auf den Jungen können Sie stolz sein. Der hat geschossen wie ein alter Soldat!", gratuliert der SS-Führer den Eltern zu ihrem Zögling.

„Mach et jut, Kleener. Pass jut uff dir uff!", berlinert der Soldat seinen Abschiedsgruß und drückt Heiner dabei einen Marzipanriegel in die Hand.

Die Soldaten lachen und setzen ihren Rundgang fort.

Marie bereitet Tee zu und setzt eine dicke Gemüsesuppe auf. Gerade richtig bei diesem unleidlichen Winterwetter. Nässe und Kälte setzen den Postnickern zu. Und die Stimmung unter den Flüchtenden sinkt, seit drei weitere Todesfälle zu beklagen sind. Aber die Eltern haben eine gute Nachricht mitgebracht.

Morgen sollen sie sich nochmal im Hafen bei einem Schiff melden. Wenn alles gut geht, kann die Familie dort mitfahren ... nach Norddeutschland im Reich.

Vorgemerkt sind sie schon ... morgen soll es Gewissheit geben.

Hauptsache ... weg von hier! „Hauptsache, die Russen kriegen uns nicht!", so die einhellige Meinung aller im Wagen.

Nur noch eine Nacht drüber schlafen, dann ein klein wenig Glück und alles würde einen guten Weg beschreiten.

Heiner hat wenig Hunger heute – wie ein Stein fällt er ins dunkle Reich des Tiefschlafs. Und doch fühlt er sich am Morgen beim Aufwachen wie gerädert.

Das war keine gute Nacht, das war kein guter Schlaf.

Grüße aus Russland

Alle verfügbaren Schiffe der deutschen Kriegs- und Handelsmarine sind nach Ostpreußen befohlen worden, um dort Flüchtlinge an Bord zu nehmen und Deutsche aus den Ostgebieten zu evakuieren. Soldaten und Verletzte sind dabei zu bevorzugen!

Der Hafen des Städtchens Pillau an der Südküste des Samlandes ist ab Ende Januar 1945 durch eine Vielzahl von abzufertigenden Schiffen blockiert.

An Land verstopfen Zehntausende von Flüchtenden samt ihren Pferdewagen mit all dem sonstigen Hab und Gut die Fluchtwege. Andere Pferdewagen und viele zu Fuß Flüchtende versuchen, das dort nur etwa 400 m breite und zugefrorene Frische Haff über das Eis zu überqueren und ihre Flucht auf der Frischen Nehrung in Richtung Danzig auf dem Landweg fortzusetzen.

Von einer geordneten Ausreise aus Ostpreußen ist keine Rede mehr. Mehr und mehr zählt das Recht des Stärkeren.

Immer wieder müssen die gefürchteten „Kettenhunde" – gemeint ist die Militärpolizei – oder SS-Streifen eingreifen, um ein Minimum an Ordnung zu gewährleisten. Dabei geht es nicht zimperlich zu, manchmal setzt die Waffe die Ordnung notdürftig durch.

Die Radbergers und einige andere Postnicker versuchen im Hafen des Seebades Rauschen, an der Nordküste des Samlandes, an Bord eines Rettungsschiffes zu gelangen.

Erneut wird beratschlagt, was in den Rucksäcken unbedingt mitgeschleppt werden soll und was – in

Gottes Namen – im Wagen zurückgelassen werden muss.

Bevor es an Bord geht, essen alle nochmal gemeinsam. Dabei besprechen sie immer wieder, was im Notfall getan werden müsste ...

„Wenn wir uns aus den Augen verlieren sollten, dann informieren wir dort, wo wir im Zielhafen ankommen, den Suchdienst des Roten Kreuzes und bitten um Hilfe. Wir packen das. Wir haben doch schon so vieles gepackt!", vermittelt Marie Mut und Zuversicht.

Die Stimmung ist gut ... liegt die Rettung doch so nahe.

Einzig Heiner liegt still und in sich versunken ein wenig abseits im Stroh und schlürft heißen Tee, isst dazu eine mit Butter beschmierte Stulle. Er hört der Mutter zwar aufmerksam zu, beteiligt sich sonst aber nicht am Gespräch.

Ein leichtes Dröhnen, nein ... ein lauter werdendes Brummen liegt in der Luft.

Da peitschen vom Himmel herab Maschinengewehr-Salven in den Wagenkonvoi, verletzen Pferde und Menschen, töten viele von ihnen.

Viele Pferde gehen durch, reißen zusätzlich Menschen nieder und trampeln über sie hinweg ... überall Blut und schreiende, stöhnende Menschen.

Die Postnicker erleben erstmals die „Todesgrüße aus Russland".

Drei russische Jagdflieger toben sich am Himmel über der Bernsteinküste aus und fordern ihren Blutzoll ein.

Wie wilde Hornissen stoßen sie auf den Konvoi der Flüchtenden hinab und spucken ihre todbringende Botschaft aus.

Nach wenigen Minuten ist alles vorbei – erste Sanitäter versuchen sich einen Überblick über Tote und Verletzte zu verschaffen.

Der Wagen der Radbergers ist umgekippt. Max, der brave Gaul, liegt mit angstvoll geweiteten Augen auf der Seite, ein Blutstrom quillt aus seinem aufgerissenen Bauch. Irgendein Soldat erlöst das Tier.

Ein einzelner Schuss ... der Leib des treuen Tieres dampft, zuckt und bleibt ruhig liegen. Vorbei! Aus!

Johann Radberger, der sein Arbeitsleben mit diesem Tier verbracht hat, bricht in sich zusammen und weint bitterlich. Er braucht lange, um die Fassung wiederzugewinnen.

Seine Frau nimmt ihn in die Arme und spricht auch ihm Mut zu: „Wir sind so nahe an unserem Ziel. Komm, wir müssen zum Schiff!"

Starke Ostpreußen-Frau!!

Keiner hat bemerkt, dass Heiner ganz ruhig im Stroh liegt und leise vor sich hin wimmert ... aber nicht weint! Sein Rücken blutet arg.

„Oberhalb des Steißes ist ein Splitter eingedrungen. Das muss dringend operiert werden!", stellt der SS-Mann von gestern fest. „Mein kleener Held. Wir helfen dir. Bist doch eener vun uns. Wir bringen dir zum Hauptverbandsplatz nach Neukuhren – dort wird man dir notdürftig zusammenflicken. Und danach jeht et ab, heim ins Reich, während wir den Iwan hauen."

Der SS-Trupp steht im Halbkreis um Heiner herum, als Marie hinzutritt und erschrickt, als sie ihren Sohn erkennt. „Heinerle, Heinerle, bist du verletzt? Nein! Nicht du! Hilfe!"

Der SS-Mann umarmt die sich sorgende Mutter und hält ihr die Arme fest.

„Muttchen, hör zu. Den Kleenen nehmen wir mit zum Hauptverbandsplatz. Dort liegt ein Torpedoboot, das ihn nach Gotenhafen fahren wird ... wenn wir Glück haben. Unser Kommandeur wird sich für den kleenen Helden einsetzen, det ist schon jeklärt. Wir müssen jetzt aber los. Verabschieden Sie sich von Ihrem Sohn."

„Nein – ich lasse Heiner nicht alleine", schluchzt Marie unaufhörlich.

„Frau, sei vernünftig. Dein Sohn braucht ärztliche Hilfe und zwar JETZT!", versucht der SS-Mann Marie zu überreden.

„Das Torpedoboot darf nur Militärangehörige mitnehmen und Schwerverletzte, wir müssen uns beeilen."

„Dann soll Anni mitgehen und auf Heinerle aufpassen", bittet die Mutter.

„Wir probieren es. Komm mit, Mädchen, wir müssen los!"

Die SS-Leute betten Heiner auf eine Trage um und hieven ihn auf die überdachte Ladefläche eines kleinen Lastwagens. Anni bleibt kaum Zeit zum Überlegen. Ruckzuck findet sie sich neben Heiner an der Trage sitzend ebenfalls auf der Lkw-Ladefläche wieder.

Ihr gegenüber sitzt der lächelnde SS-Mann: „Haste gut gemacht, Frollein. Jetzt brauchen wir noch ein wenig Glück, dann jeht et für euch in Richtung Deutschland ab!"

Im Hauptverbandsplatz der Wehrmacht in Neukuhren angekommen, wird Heiners Wunde notdürftig medizinisch versorgt. Der Splitter kann dort aber nicht entfernt werden, das würde dann in Deutschland in einem Krankenhaus nachgeholt werden.

Es kommt schon einem kleinen Wunder gleich, dass Heiner an Bord des Torpedobootes aufgenommen wird und seine fast erwachsene Schwester ihn begleiten und pflegen darf.

Heiner wird von starken Schmerzen gequält. Zudem ängstigt es ihn, dass er in den Beinen kein Gefühl mehr spürt. Wird er ein Krüppel bleiben?

Während einer Nachtfahrt zieht er sich an der Reling hoch und stiert ins tiefschwarze Wasser. Seine Gedanken sind so dunkel wie das Seewasser.

„Werde ich je wieder gehen können oder werde ich mein Leben lang auf Hilfe angewiesen sein?

Wo die Eltern und die Geschwister jetzt wohl sein mögen?

Und Postnicken … sehen wir das irgendwann wieder?"
Jede Welle, die an die Schiffswand schlägt, nimmt ein Stück Hoffnung von Heiner mit sich fort. Matt, einsam und verloren fühlt er sich … was soll nur aus ihnen werden?

Da legt sich Annis Hand auf seine rechte Schulter und er hört sie sagen: „Das tust du nicht, Heinerle! Wir sind stark und halten zusammen. Im Reich treffen wir die Eltern wieder. Versprich, dass du dir nichts antust!"

„Ja, Anni. Wir packen das. Wir sehen die Eltern wieder! Und Heiner fühlt, dass ihm Annis Nähe gut tut. Ich bin nicht allein – Anni ist bei mir."

Und Anni wird bis zu ihrem Ableben 1997 immer in der Nähe von Heiner sein – im Nachbarort beginnt sie ihr eigenes, neues Leben, gründet dort ihre Familie.

Auf Transport ins Reich

Das Torpedoboot transportiert die Verletzten über Pillau nach Gotenhafen.

Mit dem Lazarettzug soll es dann in „die Heimat" gehen, womit das Reich gemeint ist, nicht Ostpreußen, Heiners eigentliche und wahre Heimat.

Die einzelnen Wagen werden mit Verletzten gefüllt – vorher werden nochmals die Verbände gewechselt, Untersuchungen durchgeführt, die bereits Verstorbenen zu Sammelplätzen gebracht.

Immer noch spürt Heiner kein Lebenszeichen in seinen Beinen. Er wird auf diesem Transport an seine Trage gefesselt bleiben. Aus Mitleid schenken ihm Landser Teile ihrer Marschverpflegung: Marzipanriegel.

„Iss, Junge, da ist alles drin, was der Körper braucht!", fordert ihn eine Rot-Kreuz-Schwester auf. Bald mag Heinerle keine Marzipanriegel mehr sehen ...

Auf der schier endlos anmutenden Zugfahrt greifen immer wieder Stukas den Krankentransport an. Während die meisten Passagiere, Schwestern und Sanitäter (Ärzte waren keine an Bord des Zuges) rechtzeitig vor den Tieffliegerschüssen in Deckung gehen konnten, muss Heiner ganz ruhig auf seiner Trage lieben bleiben. Seine Beine tragen ihn nicht – was also bleibt ihm übrig?

Rechts und links neben ihm, vor und hinter ihm schlagen die Treffer ein ... Heiner kann ihnen nicht entkommen ... Und doch wird er nicht getroffen.
Es scheint, als hielte ein Größerer seine schützende Hand einmal MEHR über den Zehnjährigen. Und dieser „Größere" ist ganz sicher nicht der „Führer" und „Größte Feldherr aller Zeiten" (GröFaZ).

Der junge Ostpreuße fiebert. Schweißperlen rinnen von der Stirn über sein Gesicht. Der Verletztentransport kommt nur sehr langsam voran.
Durch die manchmal geöffnete Waggontür erspäht Heinerle Landschaften, die er nicht kennt, und Städte, die einem Trümmerfeld gleichen.
„Das soll das Reich sein?", zweifelt der Junge.
„Anni, bist du da??"
„Hier bin ich, Heiner. Ich bin immer bei dir!", spricht die Schwester dem Bruder Mut zu und hält dabei seine Hand.

„Wo die Eltern jetzt bloß sind?", fragt Heiner weiter.
„Mach dir keine Gedanken. Die sind bestimmt auf dem Schiff untergekommen. Wirst sehen, wir haben uns bald wieder! Werde du nur rasch gesund!"

„Hamburg-St. Pauli" – Zielbahnhof

Die Kranken und Verletzten werden entladen – auch die auf der Reise Verstorbenen.

Nie zuvor haben die beiden jungen Flüchtlinge so engen Kontakt zu Verstorbenen und Verstümmelten gehabt. So viel Blut gesehen, so viel Stöhnen gehört. Die lustige und unbeschwerte Kinderzeit hat einen derben Dämpfer bekommen.

In Hamburg erhält Heiner erstmals intensive ärztliche Behandlung.

Ein erfahrener Stabsarzt betrachtet den jungen Mann, der da vor ihm liegt, sehr genau.

„Soldat – von wo kommen Sie? Wo haben Sie gekämpft?", mag er wissen.

„Herr Doktor, bitte entschuldigen Sie. Das ist mein Bruder, der ist zehn Jahre alt. Wir kommen aus Ostpreußen, aus Postnicken am Kurischen Haff. Wir mussten vor den Russen flüchten. Bitte helfen Sie meinem Bruder!" Indem sie so spricht, kullern Anni die Tränen auch schon über die Wangen.

„Dieser Transport ist ausschließlich militärischem Personal vorbehalten. Alle Achtung! Wie haben Sie das denn hingekriegt, dass der kleine Mann da mitgenommen wurde?", räuspert sich der Militärarzt anerkennend.

„Da war ein Trupp Soldaten, die haben miterlebt, wie Heiner verletzt wurde. Die haben sich dann gekümmert!"
„Prima! Tapfere, treue Kameraden!", lächelt der Arzt.
„Junger Mann, du hast mehr als nur EINEN Schutzengel gehabt. EIN Engel ist ja gleich bei dir geblieben, wie ich sehe. Jetzt geht es ab ins Krankenhaus!"

Schock & Hoffnung

„Der Splitter ist zu nahe am Rückgrat, da können wir nicht operieren. Damit wirst du leben müssen, Junge. Aber die Beine werden wieder – Du wirst laufen können!", klärt der Arzt im Krankenhaus seinen kleinen Patienten nach vielen Untersuchungen auf.
„Keine Operation, Herr Doktor? Das hört sich gut an!", sagt Heiner fast flüsternd und lächelt dabei.
„Anni, hast du gehört? Wenn wir die anderen gefunden haben, fangen wir neu an", Heiners Augen glänzen ... vor Fieber?

Mit der Ankunft am Bahnhof in St. Pauli im April 1945 ist Heinerles Flucht zu Ende und es beginnt die Zeit der Eingliederung in ein ihm fremdes Land, das es in dieser Form schon bald nicht mehr geben wird. Für viele Geflüchtete beginnt die Zeit der dauernden Heimatlosigkeit und des ewigen Heimwehs.

7. Das Massaker von Palmnicken

Feuer

Ab dem 01. September 1939 wird die Flamme des Todes von Deutschland aus in die Welt getragen.

In ganz besonderer Weise ist die Zivilbevölkerung der angegriffenen Länder von den Grausamkeiten und Qualen dieses zweiten weltweiten Krieges betroffen. Mehr als 20 Millionen Tote muss alleine die Sowjetunion betrauern.

Ende 1944 kehrt dieses Feuer des Todes mit großer Wucht nach Deutschland zurück.

In Ostpreußen und den anderen damals deutschen Ostgebieten schreit es nach „RACHE". Die Deutschen sollen und werden spüren, wie heiß dieses Feuer brennt. Und sie sollen zittern vor Angst. Vor derselben Angst, die deutsche Truppen und Sonderkommandos über lange Zeit hinweg unter den unschuldigen Menschen der besiegten Länder verbreitet haben.

Gnadenlos wird es JETZT die deutsche Zivilbevölkerung treffen, auch Alte, Frauen und Kinder totbrennen, gnadenlos!! Alles, was an Deutschland erinnert, soll aus der Geschichte, soll von der Erde weggebrannt werden.

Aufruf des sowjetrussischen Schriftstellers Ilja Ehrenburg, der als Flugblatt unter den russischen Soldaten verteilt wurde:

„Tötet! Tötet! Es gibt nichts, was an den Deutschen unschuldig ist, die Lebenden nicht und die Ungeborenen nicht. Brecht mit Gewalt den Rassehochmut der germanischen Frauen! Nehmt sie euch als rechtmäßige Beute!"

Der Tod ist der einzige Sieger

In dem sinnlosen Bestreben, den anrückenden Siegern keinen Grund zur Rache zu bieten, versuchen die besiegten Mörder verzweifelt, die Spuren ihrer Mordtaten in den Vernichtungslagern des Ostens zu beseitigen.

Die Totenkopf-Wachmannschaften der SS sprengen Gaskammern und Lagergebäude und entsorgen die Lagerinsassen auf langen „Todesmärschen" ... nichts soll von ihnen mehr übrig bleiben. Nichts soll an die gequälten und gemordeten Menschen erinnern.

Die deutschen Bewohner des kleinen Dörfchens Postnicken flüchten ab dem 21. Januar 1945 vor der blutigen Rache der russischen Truppen.

Der Tod ereilt sie oft durch die Schüsse der russischen Jagdflieger oder sie ertrinken im eiskalten Wasser der Ostsee oder des Haffs, dessen Eisfläche von russischen Bomben geknackt wird und die Flüchtenden nicht mehr trägt.

Ab dem 26. Januar 1945 werden die meist jüdischen und weiblichen Häftlinge der Außenlager des KZ Stutthof bei Danzig „auf Marsch" geschickt. Einen Tag später wird Auschwitz befreit.

Es sind 22 litauische SS-Wächter und 120 Angehörige der „Organisation Todt", die die unterernährten und erschöpften Juden aus den Lagern Seerappen, Jesau, Heiligenbeil, Schippenbeil und Gerdauen nach Königsberg und weiter ins Samland, der Ostseeküste bei Palmnicken, treiben.
Die Namen der Täter sind bekannt und dokumentiert. Zur Verantwortung gezogen werden sie nie ...

Rund 7.000 nur in Lumpen gekleidete jüdische Frauen aus diesen Lagern werden ohne Verpflegung in Richtung Ostsee getrieben. Mit dem Versprechen, dort lägen für sie Schiffe zur Evakuierung nach Skandinavien bereit ... wird ihnen Rettung vorgegaukelt.
Wer die rund 50 km im eiskalten Winter 1945 nicht durchsteht, wird an Ort und Stelle erschossen

und liegen gelassen. Die Straße zwischen Königsberg und Palmnicken ist daraufhin mit Leichen gesäumt.

Am 27. Januar 1945 – dem Tag der Befreiung des KZ Auschwitz – nachts um 03:00 Uhr kommen in Palmnicken an der Bernsteinküste nur noch etwa 3.000 übermüdete und hungrige Elendsgestalten an.

Der ursprüngliche Plan, die Todgeweihten lebendig in einen Stollen des Bernsteinbergwerkes der Grube „Anna" einzumauern, scheitert am energischen Widerstand des dort zuständigen Volkssturm-Majors Paul Feyerabend, eines Offiziers aus dem Ersten Weltkrieg.

Daraufhin treiben die SS-Schergen noch in der Nacht ihre Opfer an den Strand, wo MG-Schützen schon auf die Hoffnungslosen warten.

Sie eröffnen das Feuer auf die unbewaffneten Menschen und jagen sie gnadenlos ins eiskalte Wasser der Ostsee. Wer darin nicht ersäuft und wieder an den Strand zurückkommt, wird erschlagen, ertränkt oder einfach erschossen.

Im israelischen Holocaust-Dokumentationszentrum Yad Vashem in Jerusalem sind nur 15 junge jüdische Frauen namentlich erfasst, die das Massaker dank der Hilfe von deutschen Anwohnern, die sie versteckten, überlebt haben.

Diese Deutschen sind vom jüdischen Staat als „Gerechte unter den Völkern" geehrt worden.

Am 15. April 1945 nimmt die russische Armee Palmnicken ein und findet viele der entstellten Leichen am Strand.
Die Täter sind längst geflohen. Die Taten bleiben ungesühnt.

Erst am 31. Januar 2000 ist es der Königsberger Synagogengemeinde erlaubt, die Ermordeten von Palmnicken mit einem Denkmal zu ehren.
Ein aus Feldsteinen errichtetes Mahnmal erinnert heute in der Nähe des Strandes und der einstigen Schachtanlage „St. Anna" an das größte, in deutschem Namen begangene Massaker in Ostpreußen.

Die Tragik des Sterbens jener Tage besteht wohl darin, dass *unschuldige Deutsche* und *unschuldige Juden* nur knapp 50 km voneinander entfernt zur gleichen Zeit getötet werden und keiner vom anderen etwas ahnt.
Deutsche Bauern fallen der Rache russischer Soldaten zum Opfer, die Juden dem Rassenhass der deutschen SS-Ideologie und von deren verblendeten Anhängern.

„Während das deutsche Ostpreußen an allen Ecken brennt und seine Bewohner vor den Sowjets fliehen, weil sie um ihr Leben fürchten, sterben am ostpreußischen Bernsteinstrand Menschen, die von ebendiesen Sowjets ihre Rettung erhoffen."
(Andreas Kossert: Damals in Ostpreußen. Der Untergang einer deutschen Provinz)

Nie hat der damals zehnjährige Heiner Radberger bis dahin etwas von Juden gehört. In Postnicken gab es keine. Über wichtige Nachrichten informierte der Bauer, nur wenige Dörfler verfügten über einen eigenen Telefonanschluss. Freie Presse ...?

Auch der kleine Heiner Radberger ... ein *unschuldiges Opfer* seiner Zeit.

8. ÜBERLEBT ... UND NUN?

Heiner und seine ihn fürsorglich begleitende Schwester Anni kommen im April 1945 in Hamburg St. Pauli an – Heiner ist 10 Jahre und 7 Monate alt, Anni ist 17 ½ Jahre alt. Drei Wintermonate lang waren sie auf der gefährlichen Flucht vor den Russen und dem ebenso gnadenlosen Winter.

Hamburg ist weitgehend durch Bomben zerstört. Wo einst bürgerliche Häuser standen, wachsen Schutt- und Trümmertürme schier in den Himmel.

So haben sie sich die große Stadt im *Großdeutschen Reich* nicht vorgestellt.

„Ob Königsberg auch so kaputt ist?", fragen sich die Ostpreußenkinder.

Als Heiner wieder gehen kann, machen sich die beiden Geflüchteten auf Erkundungstour durch die große Stadt.

Es dauert nicht lange, bis Heiner die Entdeckung macht: „Schau her, Anni, die haben auch ein Haff! Och – was für große Schiffe ..."

Jede freie Minute, und davon gibt es ja reichlich, sitzt Heiner bei den Landungsbrücken und träumt ins Wasser hinein.

Wo die Eltern, wo die Geschwister Horst und Erna wohl sein mögen?

„Hoffentlich haben sie's gepackt!"

Anni spendet immer wieder Mut. Niemand fragt danach, wo sie selbst die Kraft dazu hernimmt? Die Kinder sind sich selbst überlassen ...

Anni und Heiner wenden sich an den Suchdienst des Roten Kreuzes und bitten, nach den Eltern und den Geschwistern zu suchen. Bei dieser Gelegenheit erfahren sie zum ersten Mal, wie wichtig in Deutschland „Papiere" sind, über die sie nicht verfügen: Geburtsurkunde, Ausweis, Schulzeugnisse, Meldebestätigung ... all das ist wohl im Pferdewagen in Georgenswalde zurückgeblieben. Die Kinder können gar nicht nachweisen, dass sie existieren ...

Für die ostpreußischen Kinder Heiner und Anni Radberger ist es ein harter Kampf, bis Unterkunft und Essen organisiert und genehmigt sind.

In Deutschland herrscht immer noch Kriegszustand. Der Führer feiert im Berliner Führerbunker seinen letzten Geburtstag (20. April 1945) sowie die Hochzeit mit seiner Langzeitgeliebten Eva Braun (29. April 1945) und schließlich fällt er dort in seinem „heldenhaften Kampf gegen die bolschewistischen Horden" am 30. April 1945 – gemeinsam mit der ihm eben erst angetrauten Frau Eva begeht er Selbstmord. Seine letzte Heldentat!

Heiner und Anni haben aber überlebt!

Am 08. Mai 1945 endet der Zweite Weltkrieg in Europa.

Deutschland ist in vier Siegerzonen eingeteilt. Briten, Russen, Amerikaner und Franzosen teilen das Reich untereinander auf. Die Briten sitzen im Norden und Westen, die Amerikaner im Süden, die Franzosen im Südwesten und die Russen im Osten des ehemaligen Deutschen Reiches.

Das Reisen innerhalb dieser Zonen ist mühsam und aufwendig. Passierscheine, Papiere … „Wie, keine Papiere?"

Obwohl der Alltag schwer genug ist, wandern die Gedanken der Radbergerkinder immer wieder nach Postnicken und sie fragen sich, wie es den Daheimgebliebenen wohl gehen mag.

Die Berichte anderer Flüchtlinge und erster heimkehrender Soldaten klingen wenig ermutigend. Die Hoffnung auf Rückkehr nach Ostpreußen wird immer geringer … die Kinder sprechen nicht darüber.

Irgendwann meldet sich der Suchdienst und teilt freudig mit, dass die Eltern und deren Kinder Erna und Horst in einem Flüchtlingslager in Dänemark gefunden worden seien.

Sie hätten versucht, mit dem Schiff nach Schweden zu kommen, das allerdings die Aufnahme der Hilfesuchenden verweigert habe.

Die dänische Bevölkerung leiste Hilfe.

Später erzählen die Eltern, dass sie von einzelnen Dänen Brot erhalten haben ... auf das diese vorher spuckten!

Dann wird Heiner in ein Kinderheim im Ruhrgebiet vermittelt, wo er drei Jahre lang bleibt. Anni erhält dort Aufnahme in einer Pflegefamilie.

Im Kinderheim herrscht ein rauer Umgangston. Der junge Heiner lernt, sich durchzusetzen – auf Stimmungen und Gefühle nimmt niemand Rücksicht.

Wie froh ist Heiner da, als er von einer nicht weit entfernt wohnenden Tante erfährt, die ihn aufnehmen möchte. 13 Jahre ist er jetzt alt.

Der Ehemann der Tante, ein Kriminalbeamter, ist weniger erbaut von der Aussicht, einen „unnötigen Fresser" zu beherbergen, und lässt das Heiner auch spüren. Heiner kommt mit der Herz- und Lieblosigkeit der Verwandten nicht zurecht. Er leidet unter der Ausgrenzung und dem „Nicht-Dazugehören" und weint bittere Tränen. Schließlich geht er für ein weiteres Jahr lieber wieder ins Kinderheim zurück. Erstmals ist ihm deutlich vor Augen geführt worden, dass er *„nur" ein Flüchtlingskind* ist. Ein sehr, sehr bitteres Erlebnis, das der Junge nie vergessen wird.

Familienzusammenführung

An Heiligabend 1948 findet Heiner im westpfälzischen Dittweiler Aufnahme in einer Pflegefamilie. Auch Anni und Erna zieht es in die Westpfalz und es dauert gar nicht lange, bis die Eltern nachkommen.

Die Brüder Fritz und Kurt werden zu dieser Zeit immer noch in sowjetischer Kriegsgefangenschaft festgehalten. Fritz wurde als MG-Schütze 1 bei einem Angriff schwer verletzt ... lebt aber. Sie werden zu jenen Gefangenen gehören, die von Bundeskanzler Adenauer persönlich erst 1955 nach Hause geholt werden. Die Brüder leben künftig in Niedersachsen.

Martha und Gertrud sind erwachsene, junge Frauen, die längst ihr Leben eigenständig und selbst organisieren. Sie leben in Niedersachsen und Nordrhein-Westfalen.

In den nächsten Jahren zeigt es sich, dass vor allem der Vater und die Kinder sich auseinandergelebt haben. Das Familienleben, wie sie es von Ostpreußen her kannten, funktioniert so nicht mehr.

Der 15-jährige Heiner organisiert sein Leben weitgehend selbst und lässt sich von seinem Vater nicht mehr reinreden.

Heiner ist in der Schule so gut, dass ihm schließlich voller Anerkennung ein ganzes Schuljahr erlassen und „geschenkt" wird. In seinem Zeugnis sind lauter „Zweien" verzeichnet – da hat die Dorfschule von Postnicken wohl ganze Arbeit geleistet. Ein später Dank an Hauptlehrer Romeike für seine gute Arbeit!

Es dauert seine Zeit, bis die Überlebenden erkennen, dass die Rückkehr nach Ostpreußen ein Traum bleiben wird.

Sie alle werden sich in die neue Bundesrepublik Deutschland eingewöhnen und gute Bürger dieses Landes werden.

Der sprichwörtliche „Ostpreußische Fleiß" wird ihnen dabei helfen, sich den Respekt der Mitmenschen zu erwerben und das Dasein lebenswert zu gestalten.

Die Weichen sind gestellt ...

Die Eltern kommen in der Westpfalz nicht zurecht und ziehen nach Dinslaken in Nordrhein-Westfalen, wo sie später auf dem evangelischen Friedhof in Hiesfeld beerdigt werden.

Die letzten Worte des Vaters sind: „Heiner holt se fescht, die Päär (=Pferde), die gehen dorch." Dann verstirbt er.

9. Hunger in Ostpreußen

Die Rache der Sieger

Unter allen deutschen Ländern hat Ostpreußen die höchsten Menschenverluste erlitten.

Von den etwa 2,4 Mio. Einwohnern retten sich ungefähr 1,2 Mio. Flüchtlinge und Verletzte auf dem Seeweg ins alte Reich, wobei viele Schiffe versenkt und Flüchtlinge in den Tod gerissen werden (man denke beispielsweise an die „Wilhelm Gustloff" mit 9.343 Toten, die „Steuben" mit 3.608 Toten, die „Goya" mit 6.666 Toten). Wie viele über Land geflohen sind, ist nicht dokumentiert.

Am 09. April 1945 fällt Königsberg und am 26. April 1945 besetzen die Russen das Hafenstädtchen Pillau.

Durch Postnicken zieht die russische Soldateska schon Ende Januar 1945. Weil das Dorf nicht kriegswichtig ist, wird es nicht völlig zerstört. Nur wenige Häuser, Stallungen und bäuerliches Gerät gehen in Flammen auf. Aber russische Soldaten gehen auf Beutezug und rauben alles, was sie schleppen können.

Die Scheunen, Vorratskammern, Keller und Speicher sind voll mit Viehfutter, Lebensmitteln und Getränken, die bei der Flucht zurückgelassen worden sind.

Zur Beute gehören vor allem die Frauen des Dorfes, die in der völlig intakten Dorfkirche zusammengetrieben werden.

Das Buch des Generals Otto Lasch „So fiel Königsberg" veröffentlicht auf Seite 139 auszugsweise den Brief eines sowjetischen Soldaten an seine Lieben daheim:

„Uns geht es gut. Wir haben sehr viel erbeutet, essen sehr gut und viel. In Königsberg warten weitere Schätze auf uns. Wir können essen, was das Herz begehrt. Zuweilen sind wir mit Füßen über die guten Sachen getrampelt.

Die Leute hier wohnen gut, sie leben besser als wir. Fast jeder Wirt hat ein Klavier, so groß wie ein Tisch.

Nun will ich Dir schreiben, wie unsere Soldaten mit den deutschen Frauen umgehen. Die Frauen haben nichts Gutes! Den aufgefundenen Männern geht es nicht so schlecht, aber das Leben der deutschen Frauen ist schwer.

Sie machen es SO mit ihnen: Einer hält sie fest, und der andere macht mit ihnen, was er will. Viele Frauen konnten das nicht aushalten und starben. So etwas ist unbeschreiblich ..."

Hunger & Tod

Wegen der heftigen Kampfhandlungen im Samland war die Winteraussaat 1944/45 vernichtet oder unterblieben. Die Felder konnten nicht bestellt und auch die Sommersaat nicht ausgebracht werden.

Rasch nehmen Unkraut, vor allem Disteln und Gestrüpp, von den Feldern Besitz.

Hinzu kommt, dass die wenigen noch arbeitsfähigen Deutschen schon sehr bald zur Aufbauarbeit in die Sowjetunion verschleppt werden. Im Sommer 1945 vermittelt Ostpreußen den Eindruck einer fast menschenleeren Einöde.

In den Jahren 1946/47 erreicht das Hungern seinen Höhepunkt.

Frauen, Kinder und Alte sind noch im Dorf.

Es gibt keine Lebensmittelzuteilung durch die Besatzungsmacht. Täglich finden Haussuchungen statt, bei denen nach Lebensmitteln gesucht wird. Längst ist das vorgefundene Vieh geschlachtet und zur Truppenverpflegung herangezogen worden.

Die Radbergers hatten bei Antritt der Flucht noch 25 Zentner Kartoffeln zurückgelassen. Bei den anderen Dorfbewohnern sah es ähnlich aus.

Die Russen konfiszieren alles – die Dorfbevölkerung bleibt sich selbst überlassen ... und hungert!

Von Herbst 1945 an gibt es in Postnicken kein Brot, keine Kartoffeln, kein Gemüse, kein Fleisch und keine Milch mehr – nichts mehr!

Bis zum Sommer 1947 bilden Wildkräuter, Beeren, Eicheln und Baumknospen die einzige Nahrung der Bevölkerung (so die Chronik des Fritz Romeike).

Abgemagert zum Skelett irren die Menschen durch die Ortschaft und suchen im Wald nach Essbarem.

Jeder Kehrrichthaufen, jeder Misthaufen wird nach Essbarem umgedreht.

Frauen werden von den Siegersoldaten vor die Ackergeräte gespannt und wie Tiere geschlagen ... jeder Diebstahl von Lebensmitteln wird von der Besatzungsmacht gnadenlos mit dem Tode bestraft.

Ab 1948 gibt es keine Deutschen mehr in Postnicken. Russische Vertriebene ziehen in die Häuser ein und versuchen mit mäßigem Erfolg, die Landwirtschaft wieder in Gang zu bringen.

In der Dorfchronik des Hauptlehrers Fritz Romeike ist aufgelistet, dass in dieser Hungerzeit 1946/47 von den 430 im Dorf verbliebenen Menschen 227 verstorben sind:

- Verhungert: 83 Personen.
- Typhus u. Hungerkrankheiten: 55 Personen.
- Von den Russen erschossen oder erschlagen: 14 Personen.
- Verschollen/vermisst: 10 Personen.
- Fluchtversuch erschossen: 16 Personen.
- Von den Russen verschleppt: 41 Personen.
- Freitod 8 Personen.

Tote insgesamt: 227

Die Menschen sterben in einem Dorf, dem die Fruchtbarkeit seiner Wiesen und Felder einst den Namen gegeben hat.

Sie verhungern in einem Dorf, das in seiner siebenhundertjährigen deutschen Geschichte keine Not gekannt hat.

10. Neues Leben – Neue Familie – Neue Heimat?

Neues Leben

Die überlebenden Flüchtlinge aus Postnicken und der Gegend um das Kurische Haff leben heute verstreut im ganzen Bundesgebiet.

Die Nachfahren des Großbauern Echternach verschlägt es nach München und Freiburg im Breisgau. Die junge Bundesrepublik versucht, den Verlust des Grundbesitzes mit Zahlungen aus dem Lastenausgleichsgesetz zu mildern.

Landarbeiter ohne Grundbesitz, wie die Radbergers, gehen dabei leer aus.

Wer in Ostpreußen als Fischer sein Auskommen verdiente, findet im „Neuen Leben" oft Anstellung als Hochseefischer an der Nordseeküste. Viele wohnen um Bremerhaven herum. Auch das Ruhrgebiet hat viele Postnicker angezogen.

Südlich des Mains finden etwa 20 Familien oder alleinstehende Postnicker ihre Bleibe.

Der junge Flüchtling Heiner Emil Radberger, dem es in Ostpreußen bestimmt gewesen wäre, als Gespannführer beim Großbauern zu arbeiten, findet sein Glück in der Westpfalz, dem Grenzland zum Saarland und zu Frankreich.

Nach seiner Schulzeit durchläuft er eine Ausbildung zum Diamantschleifer. Ein Beruf, der in dieser Zeit den Menschen „gut ernährt". Allerdings ist gegen Ende der fünfziger Jahre Schluss mit dem Diamantenboom und Heiner sucht neue Arbeit.

Im benachbarten Saarland ergreift er den Höllenjob des Stahlkochers. Mit 1.200° C heißem, flüssigem Stahl zu hantieren, ist unendlich kräfteraubend und gefährlich, bringt aber sehr gutes Geld.

Achtung und Respekt erwirbt sich Heiner als überregional tätiger Fußballschiedsrichter, der Spiele der höchsten Amateurklassen leitet.

Der junge Mann, der völlig mittellos als Flüchtling in die Pfalz gekommen war, schafft es dank seines Fleißes recht schnell Fuß zu fassen und spart sich Geld für ein Motorrad zusammen.

1954 geht er in Schönenberg in die Motorradwerkstatt und ... kommt mit seiner künftigen Ehefrau Alwine aus dem Laden wieder raus. 20 Jahre ist Heinerle jetzt alt ... und was für ein Leben hat er bereits hinter sich?

Neue Familie

Alwine und Heiner lieben sich und wollen heiraten. Für die Schwiegereltern, die zu den erfolgreichen Unternehmern des Ortes zählen, ist der junge Ostpreuße aber nur der „Flüchtling, der nichts hat und nichts ist". Sie sind mit der Heirat lange Zeit nicht einverstanden …
Wieder erfährt Heiner Kränkung und Ausgrenzung. Trotz aller Eingliederung und Anpassung, aller beruflichen Mühen und Anstrengungen scheint er immer noch „nicht standesgemäß" zu sein?

Der legendären Beharrlichkeit des Ostpreußenjungen – andere würden das Sturheit nennen – haben die Schwiegereltern auf Dauer nichts entgegenzusetzen.
Die Jungverliebten heiraten und im Dezember 1954 wird der älteste Sohn geboren.

Drei weitere Kinder folgen. Weil der Familienvater früh erkennt, dass im neuen Deutschland Bildung der Schlüssel zu wirtschaftlichem Erfolg und persönlichem Wohlergehen ist, schafft er die Voraussetzungen dafür, indem jedes der Kinder die Schulausbildung erhält, die es sich wünscht.

Heinerle hat seine eigene Familie gegründet.

Für sie baut er das Haus und erweitert es mit den Jahren.

Um die mit dem Hausbau eingegangenen finanziellen Verpflichtungen möglichst schnell loszuwerden, arbeitet Heiner wie ein Berserker.

Im Deutschland jener Jahre wird Wohnraum benötigt und so zieht Heiner nahezu täglich nach Feierabend und an den Wochenenden mit einer Baukolonne los, dann geht er Geld verdienen.

In Rekordzeit ist das Haus abbezahlt. Es geht der Familie gut.

Die Stahlkrise in Europa und vor allem im Saarland veranlasst Heiner, sich beruflich erneut zu verändern.

Beim Reifenkonzern Michelin in Homburg findet er Arbeit in der Produktion von Autoreifen.

Als Heiner 56 Jahre alt ist, tritt der Reifenhersteller an ihn mit der Frage heran, ob er gegen Abfindung in Rente gehen möchte. Weil die finanzielle Einbuße vertretbar erscheint, nimmt Heiner das Angebot erfreut an und konzentriert sich auf das Leben an der Seite seiner Ehefrau, denn die Kinder sind längst erwachsen. So schenken die Eheleute ihre besondere Liebe den Kindeskindern!

Neue Heimat

Heinerle ist heute 84 Jahre alt und hat die meisten Lebensjahre in der Westpfalz verbracht.

Obwohl die Anfangszeit im äußersten Südwesten der Republik nicht leicht für den aus dem Osten Geflüchteten gewesen ist, hat er hier doch ganz sicher neue Wurzeln geschlagen – dort hat er mit seiner Hände harter Arbeit für sich und seine Familie ein neues Zuhause aufgebaut, hier leben heute die Menschen, die er vollen Herzens liebt und die umgekehrt ihn mögen und lieben.

Er hat Freundschaften geknüpft und Beziehungen gestaltet. Hier lebt er sein Leben.

Dabei hat er die alten ostpreußischen Wurzeln nie gekappt oder gar seine Herkunft verleugnet.

Wenn es ihm also gelungen ist, seine alten Wurzeln zu bewahren und sie in das neue Zuhause zu verpflanzen, wenn die Gedanken an das Kurische Haff kein quälendes Heimweh mehr in ihm auslösen, sondern viel eher als wohlige Erinnerung an eine schöne Zeit im Leben empfunden werden, weshalb sollte Heiner dann in der Westpfalz keine neue, keine ZWEITE Heimat gefunden haben?

Die Frage, ob wir im Leben nur eine einzige Heimat haben dürfen, werden wir uns erst nach unserem Ableben erfolgreich beantworten können. Üben wir uns bis dahin in Geduld!

Auch wenn Heiner dafür gesorgt hat, dass er nach seinem Ableben „bei Rostock in die Ostsee bestattet" werden mag, damit er dann „heim ins Haff" schwimmen kann, weiß doch außer ihm selbst niemand mit Bestimmtheit zu sagen, wie er es im Herzen mit der einzigen (?) und wahren Heimat hält ... höchstens seine geliebte Alwine weiß, wie es tief in ihm damit aussieht.

ALLE Deutschen gemeinsam haben den Krieg verloren ... die Ostvertriebenen noch obendrein ihre angestammte Heimat!

Im Sinne des großen Sohnes der Stadt Königsberg, des Jahrtausend-Philosophen Immanuel Kant, sollten wir Heiner und die Vertriebenen aus den ehemals deutschen Ostgebieten endlich so achten, wie sie es verdient haben und wie WIR selbst geachtet werden wollten, hätte UNS das schwere Los der Vertreibung getroffen.

11. Postnicken 2018 – Immer wieder Ostpreußen!

Kaum waren die Ostgrenzen nach dem Ende des Kalten Krieges für Besucher aus dem Westen durchlässig geworden, zieht es Heiner fast Jahr für Jahr dorthin, ins ehemalige Ostpreußen.

Auf seiner 13. Reise nach Königsberg, dem Samland, der Bernsteinküste und ans Kurische Haff … nach Postnicken begleite ich ihn. Mit dabei sind seine Enkel- und seine Schwiegertochter.

Dort erlebe ich einen in die Jahre gekommenen Ostpreußenjungen, der wie dereinst durch die Wiesen hinter dem Elternhaus tollt und das Haffufer sucht.

Im Gegensatz zu Heiners Kindertagen sind die Wiesen und viele Felder mangels Pflege heute wieder versumpft, weshalb der Besucher nicht mehr bis zum Ufer vordringen kann.

Der ältere Herr, der sich da so voller Lebenslust auf der Dorfstraße herumtreibt, wird ganz spürbar NICHT von trüben Erinnerungen gequält. Er sieht die kaputte Dorfstraße, wo kein Bürgersteig mehr ist und die Pflastersteine verschwunden sind – und scheint doch den Augenblick der Wiederkehr unbändig zu genießen.

Nachdenklich stimmt ihn für kurze Zeit die Ruine des Gutshauses Echternach. Da bleibt er stehen, betrachtet die Hecken und Büsche, die ihn aus den Fensterhöhlen heraus zu grüßen scheinen, und wiegt seinen Kopf hin und her. Der gemauerte Kamin ragt hoch über die Reste der Hausmauern hinaus und lässt ahnen, welch großartiges Gebäude einst hier gestanden haben muss.

Die Dorfstraße von Postnicken im September 2018. Am rechten Straßenrand – die Ruine des Gutshofes Echternach.
Foto: Rebecca & Alexandra

Heiners Gedanken, voller Achtung und warmherziger Verbundenheit mit diesem Haus aus früherer Zeit, sie drücken ihn nicht zu Boden.

Als gingen von diesem alten Gebäude schöne, unauslöschliche Erinnerungen sanft auf den älteren Herrn vor mir über ...

Ähnlich mag ihm beim Anblick der zerstörten Dorfkirche zumute sein.

Den Krieg hatte die Kirche unbeschadet überstanden – die Sowjetzeit hat vollendet, was der Krieg zu zerstören vergessen hatte.

Hier ist Heiner getauft worden, hier hat die Gemeinde den Gottesdienst gefeiert. In Gedanken versunken, legt Heiner die Handfläche an die Kirchenmauer ... als würde er die Steine trösten wollen!

Das Wohnhaus von Hauptlehrer Romeike macht einen gepflegten Eindruck, Heiner grüßt es mit einer fast unmerklichen Handbewegung.

Ungefähr zwanzig Häuser eines Straßenzuges vermisst er völlig, die stehen nicht mehr da, wo sie einst standen. Abgerissen und nicht durch Neubauten ersetzt?

Dann steht Heiner am Tor des Hauses Nr. 2 – es ist sein Elternhaus. Er zeigt auf das Fenster eines Zimmers: „Dahinter bin ich vor über 83 Jahren zur Welt gekommen!"

Heiners Elternhaus. In der linken Haushälfte, wo die Dachziegel verrutscht sind, wurde Heiner geboren.
Foto: Rebecca & Alexandra

Heiners Wangen sind vor Aufregung gerötet, seine Augen aber glänzen hellwach, nicht tränen-feucht.

Er, der harte Arbeit gewöhnt ist, regt sich auch nicht auf, als er das kaputte Dach seines Elternhauses bemerkt. Verständnislos nimmt er den Zustand zur Kenntnis, schüttelt den Kopf darüber und ... lächelt gelassen.

Als er sieht, dass einige Bauvorhaben im Dorf angefangen sind, strahlt er geradezu: „Da wachsen neue Häuser! Das Leben geht weiter!"

Abends, in Königsberg/Kaliningrad am Hoteltresen, sitzen wir zusammen und plaudern über unsere Eindrücke vom Tage. Entspannt genießen wir Kaffee miteinander, später genehmigt sich Heiner ein Schwarzbier und grinst dabei zufrieden über den Rand des Bierglases zu mir herüber.
Mir scheint, als hätte hier jemand seine innere Ruhe gefunden. Der Mann ist einig mit sich und seinem Leben.

„Und nächstes Jahr, da fahren wir wieder nach Postnicken, gell?", spricht es, schnalzt mit der Zunge und wischt sich den Schaum von den Lippen.

„Ja, Heiner, sehr gern!"